庭守之犬

岩井俊二
Iwai Shunji

番犬は庭を守る

目次

失去什麼，才能身而為人？——岩井俊二守望的世界

吳俞萱

岩井俊二刻劃的純情有張卑劣的臉，它的索討盡是它無度的獻身——藤井樹的借書卡、渡邊博子寄給死者的信、夏薺的池畔賭注、花撒下的謊、愛麗絲的紅心A、真白的隱形戒指、烏瑪索的中國面具……。那卑劣是假面，底下燒著純情的烈焰。烈焰盲目、不懂算計、毫無保留，若沒有一層世故的假面，純情就瞬間燒光一切，連它自己也不放過。

純情仰賴偽裝，所愛才能全身而退。

然而，所愛為何？岩井俊二渴望守護的，究竟是什麼？早期《升空的煙花，是從下面看，還是從側面看？》[1]、《愛的捆綁》和《情書》觸探男女在關係之中怎麼回到心的內側，

1 岩井俊二早期的影視作品之一，二〇一七年改編為動畫電影《煙花》，並出版原著小說《少年們想從側面看煙花》。

找出對視的鏡子。而《夢旅人》和《燕尾蝶》描繪社會邊緣、掙扎蠕動的旺盛生機。岩井俊二在小說《燕尾蝶》序文說：「如果把來自歐美的文化囫圇吞棗，我們將會愈來愈沒有精神。我發現當時的日本人非常沒有精神，簡直像住在醫院裡。在那個氛圍下，我寫了《夢旅人》這個從醫院逃跑的故事，以及將亞洲的精神具體成形的《燕尾蝶》。」

若將《夢旅人》和《燕尾蝶》的躁動、失速、荒蕪和暴烈視為一種反抗現實的烏托邦寓言，接下來的作品則是岩井俊二鑽進現實、近距特寫的迷幻寫真。他在電影《青春電幻物語》的原著小說《關於莉莉周的一切》寫道：「電視、收音機、雜誌、報紙……這些世界，不管我們走到哪裡，或許都與我們無直接關係。然而我們卻沉迷這些事物，漸漸地無法好好地和自己的世界相處了。」

人要倖存，仰賴現實霸凌的虛幻感，以及虛擬網路的真實感嗎？岩井俊二繼續辯證虛實交織的現代生活：杜撰記憶的《花與愛麗絲》、租借親友和代購關係的《被遺忘的新娘》，他捕捉人怎麼在當代的破碎日常中透過各種虛構來守護內心的整全感，人與他人又怎麼在謊言裡構築真實的依靠和連結。於是，「純情」並非岩井俊二的小說和電影母題，那僅是扭曲壓抑的生存境況底下殘存的微弱鼻息。近年他凝視的，是人在病態環境中的異變，而他持續想像的，是人突破限制去形成新的共同體、創造新的故鄉。

病態，已然不是一種近未來的詛咒。核災，落在日本國土，也長年籠罩岩井俊二的意識原鄉。《庭守之犬》鋒利而哀傷地描寫核災逐漸滅絕生命的存續，傷殘的人們在輻射汙染嚴重的傷殘土地上狼狽不堪地，爭一口氣。「光想像都覺得詭異，卻是可能出現的未來。」小說序章的這一句話，從岩井俊二的童年開始冒芽。小學的時候，岩井俊二參觀位於日本東海村的核能重鎮。１９９９年，東海村核燃料處理廠的三名員工不慎將超過規定值七倍的鈾倒進槽內，促成核分裂的臨界狀態，射出閃亮藍白光芒，爆出巨響，大量外洩核輻射，導致六百多人遭到毒害，員工看著自己的身體腐爛成一具活屍。

東海村的核事故，是２０１１年福島核災之前日本最嚴重的一次核災。《庭守之犬》主角烏瑪索的降生之地「阿爾米亞古都」倒過來的拼音就近於「東海村」。這本小說２０１２年在日本出版，看似延伸福島的意外事件，其實早在２０００年岩井俊二與台灣導演楊德昌、香港導演關錦鵬合作「Ｙ２Ｋ電影計劃」，相約各自拍攝一部「講述亞洲應對21世紀到來的電影」時，他就開始籌備以核汙染作為背景的電影《庭守之犬》。後來，拍攝難度過大，岩井俊二改以《青春電幻物語》回應楊德昌的《一一》和關錦鵬的《有時跳舞》。

「我一直沒有停筆，直到311日本大地震，我覺得社會上存在的問題我早就發現了，但是一直沒有指出來……」岩井俊二沉痛地說，震央位於他的故鄉仙台，當時在紐約的他透過電視看見海嘯摧毀一切，岸上殘留很多遺體。地震隔天，福島核電廠爆炸，輻射通過空氣、地層和海流影響了整個日本。岩井俊二隨即回到傷殘的日本，擎起攝影機，以《311後的朋友們》紀錄核能困境和求生之路。他在受訪時表示：「就算一座城被毀滅，也能照樣再啟動核電廠；就算一個學生自殺了，也能照樣放暑假。什麼時候開始，這個國家已經變成一個『只不過是生命』的國家了？」

直視「只不過是生命」的病態現實，直視這份荒謬和輕賤，岩井俊二的小說和電影以「整全感的失落」作為起點，深究一個人失去什麼，才能身而為人？面對現世的各種災難侵襲，生命不再是一點一點積累成形，而是一點一點剝除和捨棄，幾乎失去了全部，最後留下純粹的東西，誓死守護。就像《庭守之犬》的生命群像，失去臟器、失去生殖能力、失去道德感和自我認同、失去賴活的最後一點意願……，最後，還留下什麼，能夠稱之為人？

烏瑪索的性器轉變過程，如同「成為一個人」的蹣跚之旅：原本，「垂在那裡的，就像小老鼠一樣又小又軟的東西」，經過手術接上豬的陰莖，「膨大勃起，烏瑪索全身充滿前所未有的快感。只可惜，射出的精液依然稀薄如水。說到底，那陰莖也只是隻紙老虎。」雄壯的男性象徵，並沒有為他帶來真正的愛情。後來，他因挑釁一群孩子而遭到圍毆，「醫生在烏瑪索陰莖裡找到生鏽的鐵釘。陰莖遭切除。只剩下一顆睪丸。……雙腿之間像是開了一個圓圓的洞。實際上那個洞並沒有這麼大，只是剛好和旁邊的陰毛融合，看起來就成了一個大洞。簡直就像黑洞。」

為了回應黑洞傳來的聲響，烏瑪索去找淪為妓女的舊愛雷班娜。為了回應自己的尊嚴，他戴上一副中國面具，體驗了前所未有的高潮。過了一陣子，雷班娜來到客人指定的旅館。「房間裡沒有半個人。看到放在床邊的中國面具，雷班娜差點笑出來。……雷班娜想把面具放回原位，拿起來時，裡面有什麼白色的東西紛紛飄落地上。是鈔票，張數還不少。她知道是誰做的，但也不知道那是誰。」不久，一對夫妻找上門來，烏瑪索付出造假的代價：「切除唯一剩下的那顆睪丸。他失去性別，只能單純定義為人類。」而後，烏瑪索與坐在輪椅上的艾莉亞姆重逢，「兩人做愛。盡他們所能，用只有他們能用的方式。」

岩井俊二的小說和電影令我們醉心和疼痛之處，原來並非純情，而是為了掩飾純情而生的那一層彆扭、偏執、荒謬、故作姿態。隔開一層，才能守護所愛。甚至，退無可退地喪盡一切，才能觸及愛、觸及生命的邊。忘了「人」的意涵，才忽然占有了人的份量。就像小說描寫「少年朝草叢舉槍，夕陽將他帽子和臉頰上的細毛照成金色，使他看起來神聖地彷彿從天而降。烏瑪索不由得看呆了，直到乾硬的槍聲竄過草原。瞬間，烏瑪索產生魂飛魄散的錯覺。不，或許該說他產生了這個心願。」

美令人忘我，從社會與生理的體制中脫困，回到感覺復甦的詩情狀態；烏瑪索進入城市的禁區，也踏進人性的禁區：「少年回過頭，下一瞬間，烏瑪索感到戰慄。在一股沒來由的恐懼襲擊下，烏瑪索朝少年所在之處走去。那裡有個巨大洞穴，少年正朝洞底窺看。……烏瑪索忽然揪住少年。少年驚訝地轉過頭，那張臉好美。這麼美的東西，真想破壞掉。烏瑪索抱住少年，扛起來，然後丟下。丟進那黑暗洞穴中。少年身影看似以非常緩慢的速度落下，過了好久仍未抵達底端。……陰暗的洞底，只看得見白色襯衫。」

烏瑪索的行徑，是在核災迫害的無望生存氛圍底下，逼現的人性。岩井俊二毫不遲疑地，將人性對美的占有與破壞的潛在欲望，推到善惡的邊界之外，這或許也是他以烏瑪索的名字影射「太宰治」的原因吧。整部小說出現兩次「黑洞」，一處是烏瑪索失去陽具的兩腿之間，另一處是烏瑪索令少年葬身的洞穴。乍看，都關於生命的喪失，卻更近於生命的復返。閹割的性器和洞底的純白襯衫，像是一尊法力無邊的神明，必須永遠埋藏，埋藏它的創造力與破壞力，人才得以憑藉心底的聲音，接掌自己的命運。

別於太宰治，自殺多次的烏瑪索最後爬出虛無的深淵，跛足前行。一輩子看守別人的庭院、看守屍橫遍地的廢棄核電廠，這一次，烏瑪索不再背對自己守護的事物，不再只是一個單純的裝置，他將奮力守住的，是他和另外兩個人一起生的孩子。從前，漠然看守一個死寂的世界並不困難，此刻，接住一個新生的世界逼迫他真正睜開雙眼：「助產士抱著嬰兒，剛出生的小身體用盡全力啼哭。……烏瑪索怯懦地站在門邊，像個鬧彆扭的孩子，從遠處觀看。」

心有所愛，才會怯懦，也才敢於想像和創造。被動的奴僕，在失去一切之後也超越了身心的限制，不再為別人守門，而是守住自己的人生，創造愛的可能。岩井俊二曾說：「國家是有邊境的，但故鄉沒有邊境；……在遙遠的未來，如果每個人可以重新思考國家的概念，甚至可以把國家取消，每個人都可以尊重彼此的差異，找到一個方式相處，那未必不是一件美好的事。」純情，就是留住人與人之間的純粹關係。從《燕尾蝶》、《庭守之犬》

到《被遺忘的新娘》，岩井俊二守望一群失根的人，為他們建立一個跨過國界、超越血緣、情感緊緊相繫的家族。即使沒有一處可以安身立命，但是，不放棄去愛的生命聚在一起，新的故鄉就在他們的腳下成形。

第一章
捕鯨人

鯨魚曾是這世界的能源。那是很久遠的事了，那個時代人類還不懂得用電，世界還不像現在這麼髒。捕鯨人縱橫七海，四處尋找鯨魚捕捉，一次又一次地瞄準那些驚慌逃竄的黑色背影，發射魚叉，用繩網纏住牠們，轉動絞盤將牠們拉上甲板，拿大柴刀斬斷表皮，乾淨地刮下厚厚的皮下脂肪，抽出存在頭部、稱為「腦油」的脂肪。取自抹香鯨的油脂品質特別好。用不到的部位全部丟進海裡。骨頭和內臟都用不到，肉也是。肉不需要，需要的只有油。

如果世界一直像那樣只以鯨魚為能源，現在會變得如何呢？鯨魚可能已經絕種了。不，說不定已經培育出畜養型鯨魚，以最有效率的方式採集鯨魚油。還會出現鯨油生產設備和鯨油企業。以鯨油為動力的汽車、鯨油加油站、鯨油發電廠……我們可能會進入那樣的時代，說不定還會將原本白白丟掉的鯨肉、鯨骨及鯨魚內臟碾碎，做成飼料，再用這些飼料餵鯨魚。只要給個名目，人類和科學就會朝那方向衝到底。而我們庶民在不知不覺中慢慢習慣了，絲毫不覺得做這些事有什麼奇怪。說不定哪天打開引擎蓋時，你會看到裡面養著一條低耗油的小型鯨魚，只要持續餵食飼料就能不斷供應汽車能源，我們也理所當然地開著這種奇異的車子到處跑。或許還會發現原本丟掉的鯨魚肉有新用途，漸漸地吃鯨魚肉的人增加了，說些吃鯨魚肉對身體多好、吃慣了後覺得很好吃、和紅酒也很搭之類的話。於是人類對鯨魚的需求增加，畜養型鯨魚不斷量產，不知不覺中，全世界的人都在大讚鯨魚好吃。這種事光想像都覺得詭異，卻是可能出現的未來。就算真的走進那樣的未來，肯定也比現在好得多。

我是這麼想的。

納帕吉[1]的海裡也曾有許多鯨魚，這個國家的人民從以前就吃鯨魚肉。人類放棄鯨魚能源後，他們一如往昔地捕鯨也吃鯨。吃鯨魚的野蠻民族——這就是當時納帕吉人的官方形象。位於納帕吉西北部的阿爾米亞古都[2]，自古以來就是靠捕鯨發展的城鎮。這裡的人善用鯨魚到淋漓盡致的地步，不只鯨肉和鯨油，連鯨皮、鯨鬚、鯨骨、鯨軟骨……一點都不浪費。這是這個城鎮自古以來的文化，阿爾米亞古都人絕不浪費鯨魚的任何部位，從阿爾米亞古都人身上拿走鯨魚，他們就什麼都不是。在這樣的古都長大的伊久沙姆．以雅薩德，也是一輩子都離不開鯨魚的天生捕鯨人。而在捕鯨人這行中地位最高的，可說是負責射出第一叉的捕鯨砲手。伊久沙姆從小就嚮往當上第一砲手，少年時代總是在海邊玩射魚叉的家家酒。據說練到後來，只要丟出拖把就能打下海鷗。十二歲那年，伊久沙姆先以廚房洗碗工的身分搭上捕鯨船，再從剖鯨作業員、第二砲手往上爬到第一砲手。當上第一砲手那年伊久沙姆才十九歲，只花了短短六年就出人頭地。他射出的第一叉奇準無比，只要站上捕鯨砲台[3]，世界上最巨大的海中王者也不是他的對手。無論鯨魚怎麼逃都是徒勞，魚叉在波浪間穿梭，命中黑色橡膠般的魚背，直達心臟。伊久沙姆從來不必擊出第二砲，那準確無比的技術只能說是神技。神童、神之子、鯨之子、捕鯨名人、鯨神、鯨聖、鯨

1 「Napaj」從羅馬拼音可看出是「Japan」的逆拼音。

2 「Arumiakot」倒過來拼是「Tokaimura」，音同「東海村」，日本茨城縣北部的村莊，日本第一座核能發電廠即位於此地。

3 捕鯨船上設有捕鯨砲，以砲台方式射出魚叉捕鯨。

王……整個少年時期到青年期，這些綽號隨他任選。對伊久沙姆而言，那段時期既充實又難忘，是人生中的春天。

很快地，伊久沙姆的實力獲得大型漁業公司賞識挖角。大公司的作法規模就是不同，他們開著巨大漁船出遠洋，用聲納探測鯨魚，將牠們逼到沿岸地帶再發射捕鯨砲，不等鯨魚斷氣就用鐵鍊拉上甲板，隨即活活肢解那龐大的身軀。甲板上一次可並排十條鯨魚。脂肪或肉送進巨大貨櫃，不要的內臟及骨頭就丟回海中。真浪費，伊久沙姆心想。這種作法和那些用鯨魚當燃料的傢伙有何不同？即使如此，他還是慢慢習慣了這樣的捕鯨流程，不知不覺中忘卻心中的疑惑與不滿。回過神來才發現，自己竟連魚叉都不再發射，甘於做個每天忙著和總公司聯絡，努力計算經費的中階主管。預算若沒抓好，連船都無法出海。能不能捕到鯨魚，結果還是得視經營方針決定。每個人都是這樣變成大人的，伊久沙姆也不例外。

這樣的伊久沙姆在與異性交往方面又是如何呢？他交第一個女朋友是在十八歲時，後來的結婚對象也是這位初戀情人。她是個小農場主人的女兒，性慾旺盛，兩人只要一有空就上床，從早到晚都在做愛。女人是特別執著結婚的那種型，只要能結婚，就算男人外遇也無所謂。這是她秉持的態度。能接受男人拈花惹草的女人再好不過，於是伊久沙姆在二十二歲時和她結了婚。然而，一結完婚才發現，女人對伊久沙姆和鯨魚毫無興趣。伊久沙姆和這個不知道娶來幹嘛的老婆生了四個小孩，第四個小孩出生後，兩人之間完全失去性生活。反正外遇是老婆大方認同的事，伊久沙姆也就不客氣地在每個港口城市間金屋藏嬌。有一天，其中一名情婦直接打電話給老婆，逼她離婚。老婆像變了個人似地激烈發狂，原來她根本不是不在乎外遇的女人。別說在乎了，甚至像凶神惡煞嚷嚷下次再這樣就要殺了他。伊久沙姆再也搞不懂女人，總之，只能先和各地情婦分手，否則小命難保。儘管陸續和幾個情婦分了手，唯有住在阿瑪溝伊斯的女人捨不得放，伊久沙姆向來特別疼愛她。甚至思考起是否乾脆謀殺老婆算了……沒想到某一年，久違地去了一趟阿瑪溝伊斯，才發現情婦早就死了。她和某建築工人上床時，另一名計程車司機闖入，還來不及穿上衣服就被刺死了。一場糾纏不清的多角戀愛。唉，怎麼會這樣。自己一輩子從事全身沾滿鮮血的捕鯨行業，竟然還會為了陸地上的殺人與被殺事件恐懼顫抖。或許是時候了，伊久沙姆決定退休。不知不覺他也五十多歲了，對放浪的海上生活感到疲憊，心想不如回老婆娘家繼承家業，當個農夫吧。仔細想想，確實讓老婆與孩子守了太久的空閨，至今從沒做個像樣的父親，為了補償，今後想好好為家人做點什麼。在庭院裡種種草皮吧，修修屋頂也可以。還想和孩子們一起打棒球。話說回來，他不曾打過棒球啊。游泳倒是有自信，還是帶他們去游泳池？不，要游就下海游，真想讓他們瞧瞧那一望無際的大海。也教孩子們如何潛水好了，還有捕鯨砲的操作方法。生了四個孩子，至少一個會有天分吧，就讓那孩子繼承自己的工作，絕對要將他徹底栽培成獨當一面的捕鯨人。幸好已經生了孩子，伊久沙姆久違地描繪起夢想……就在這些紛至沓來的念頭中，他抵達久違的家鄉阿爾米亞古都，回到久違的家，看到妻子熟悉的臉，孩子們則都大了。每個人都像母親，有著典型農耕民族的長相和體格，以及極端保守的想法。大半輩子活得自由不羈的伊久沙姆，和他們怎麼就是處不來。雪上加霜的是，四個孩子都是無可救藥的旱鴨子。說是旱鴨子，不如說恐水症更貼切，別說下海，連河邊都不願靠近。膽小得可比跳蚤，光是看到鯰魚都會受驚嚇，更何況鯨魚。沒有一個孩子願意傾聽父親縱橫七海的故事，他們只親近外公，喜歡在土裡打滾。只要一小顆稻穗結實，就能牽動他們的喜怒哀樂。和這些吃苦耐勞的孩子們一起在土裡打滾度過餘生，為微薄的收成感謝上天，這樣的人生似乎也不錯。雖然伊久沙姆因此成了農夫，性格終究和土地合不來，為了轉移痛苦，他有時還會拿圓鍬當捕鯨叉丟，暗自期待孫子輩能實現他的心願。不久，四個孩子陸續結婚，孫子一一出生，孫子們很能吃，一轉眼就長大了。問題是，這些孫子也沒一個像伊久沙姆，和他的四個孩子一樣，每個孫子都很保守，不願離開故鄉阿爾米亞古都一步。話雖如此，他們倒也不愛下田，各個都因不肯繼承家業與父母大吵一架。結果，沒有一個孫子如父母期待，伊久沙姆長年來的心願卻也落得一場空，所有孫子最後都成了公務員。

伊久沙姆漸漸年老，不再抱無謂的期待，叼著香菸在院子裡放空的時間愈來愈長。某天，腦中忽然產生一個疑問。話說回來，這些兔崽子真的都是自己的子孫嗎？因為跟他實在太不像了。仔細想想，妻子當年性慾旺盛，丈夫又是長年不在家的船員，要說沒有出軌機會也太難了。只可惜，已經無法向妻子追究真相了。晚年罹患阿茲海默症的她，最後撐不過一場感冒，措手不及地離開了這個世界。

孫子像老鼠般接二連三生了曾孫，曾孫都嚮往首都奧優克特[4]，異口同聲說要離開鄉下去大都會生活。嚮往陌生土地是好事，老子從前也曾縱橫七海，建立不少豐功偉業。伊

4　拼音反過來正好是「Tokyo」(東京)。

久沙姆如此對子孫侃侃而談，然而看在曾孫眼中，伊久沙姆只不過是個野蠻的古代人。

真不敢相信，你竟然殺鯨魚！

我是知道有那樣的時代啦，沒想到自己家也有人做那種事……

曾祖父不覺得鯨魚很可憐嗎？

伊久沙姆強調油脂豐富的鯨魚有多美味時，曾孫全皺起眉頭。

美味？真討厭，這個老頭子竟然吃鯨魚！

不久，曾孫開始產生「海豚疑惑」，料定會吃鯨魚的曾祖父，肯定連海豚都吃過。

怎麼可能，我怎麼可能吃那麼可愛的傢伙。那些小傢伙經常跟在船邊開心地游來游去呢。

伊久沙姆急著辯解，但實情是他確實很愛吃海豚。身體還硬朗時，聽到哪裡有人驅獵海豚一定趕過去分一杯羹。不過，現在已經是那種話連提都不能提的時代了。

後來，城鎮一角建設了巨大的核電廠。地方上的漁夫群起反對，多次抗議。伊久沙姆也被輻射將造成魚類從海中消失的說法說服，有感於事態嚴重，跟著參加示威遊行。這是一場漫長的抗爭，結果還是不敵政府與電力公司，伊久沙姆家連農場都被徵收了，兒子和孫子們拿著換來的金錢相繼離開這塊土地，伊魯戈．以雅薩德就是其中一人。

伊魯戈．以雅薩德從小就是個膽小內向的孩子，連去隔壁鎮上買東西都會不安得差點哭出來。她和父母在首都奧優克特住了一陣子，體弱多病的她，是個讓父母無法放心的孩子。高中時，雙親相繼因病過世，伊魯戈輟學進入一間小建材公司當會計。過著在公司裡不和別人說話，回到家也只有自己一個人的生活。這樣孤獨的生活令她既安心又不安，即使一個人孜孜矻矻也能過日子，但她的心中萌生想過普通生活的念頭，夢想談場幸福的戀愛，組織幸福的家庭。編織著這樣的夢想，在納諾斯海邊散步時邂逅了一個男人，心急的她和男人發生關係，懷了孩子卻被拋棄。對方給的地址電話都是假的，打從一開始就是騙子。純情遭人踐踏，伊魯戈對人生徹底絕望。

好想死。不如就去死吧。

伊魯戈跳上電車，在阿爾米亞古都下了車。

……阿爾米亞古都。

她聽說先祖曾在這裡生活，也聽說過以前這裡沒有核電廠，人們靠捕鯨維生。母親也說過，曾祖父伊久沙姆是能一擊打倒鯨魚的捕鯨人。後來，核電廠來了，漁民消失了，現在連核子反應爐都作廢了。和首都奧優克特相比，這裡的風景看來就像一座被人遺忘的死城。為什麼會選擇來這裡呢？或許伊魯戈身上帶有望鄉的基因也說不定。為什麼基因會在人生的盡頭發揮作用呢，伊魯戈自己一定也不明白。

伊魯戈摩挲隆起的腹部，走在馬哈拉海灘，望著這片肅殺的景色，一開始黯淡的心情隨著每次腹中孩子的胎動，漸漸產生言語難以形容的堅強生命力。

這裡是妳的故鄉喔。

海、風，以及腹中的胎兒，似乎都在對自己這麼低喃。

好啊，怎麼能死呢。我要在這裡生活下去。

伊魯戈再也沒有回奧優克特，決定留在阿爾米亞古都努力求生。在這裡她的運氣不錯，也可能是有神助吧。落腳的汽車旅館正好張貼著徵人啟事，一去面試就直接被錄用，開始這份包吃包住的工作，一手把在這裡出生的女兒帶大。女兒艾卡特是個忍耐力強的孩子，再怎麼寂寞也不哭，來汽車旅館的客人幾乎不曾抱怨過聽到嬰兒夜啼。話雖如此，孩子偶爾還是會哭泣，這種時候，伊魯戈就背起嬰兒走上夜晚的公路。月色照亮地平線上已作廢的核電廠，感覺自己走在另一個星球上。忽然一陣不安來襲，抱著艾卡特獨自哭泣。

也曾有過這樣的夜晚。

某天心血來潮，伊魯戈查了曾祖父住的地方。那個曾縱橫七海的第一砲手伊久沙姆，現在住進了阿爾米亞古都西邊的養老院。她向他自我介紹是曾孫女伊魯戈和玄孫女艾卡特，伊久沙姆就流下大顆眼淚，將一個信封交給伊魯戈。原本還期待裡面裝的是支票呢，結果是遺書。上面寫著希望他死了之後，骨灰能撒入海中。

伊魯戈答應他一定會做到，結果卻沒能實現。女兒艾卡特剛滿五歲不久的某個明媚春日，其中一座早已作廢的核子反應爐爆炸了。這種事在這個國家已經不稀奇，八年前伊卡扎威夏克[5]，十五年前阿可阿瑪[6]都發生過同樣的爆炸事故。這個國家約有六十座核電廠，全在很久以前作廢，但因設施腐朽、管理敷衍了事等原因，掩埋地下的核廢料有時會發生臨界意外而爆炸。每次發生爆炸，爆點及其週邊地區就會成為管制區域，原本住在那裡的人們被迫放棄房子及工作遷離。捕鯨小城阿爾米亞古都就是因為臨界意外而毀滅的。如果

5 拼音反過來是「Kashiwazaki」（柏崎），日本核電廠之一的所在地。
6 拼音反過來是「Hamaoka」（濱岡），也是日本核電廠所在地

當年人類繼續用鯨油當燃料，這座小城是不是就不會毀滅？這種事誰也不會知道。伊久沙姆和其他老人一起坐著輪椅朝避難所移動，在惡劣的環境下，伊久沙姆日漸衰弱，和其他幾個老人一起過世，火化下葬。直到今天，立在阿爾米亞古都郊外公墓的慰靈碑上還能找到伊久沙姆的名字。這個曾經縱橫七海的第一砲手伊久沙姆，和其他犧牲者的骨灰一起沉眠。他的骨灰終究沒能撒入大海中。

在無法完成對伊久沙姆承諾的狀況下，伊魯戈帶著年幼女兒逃到最北方的阿瑪希姆[7]。不過，這裡也不是能安身立命的地方。阿瑪希姆是著名的核能設施所在地，和其他核能設施比起來雖然比較新，也已經有將近六十年的歷史，於二十年前作廢。只是，有地方住已經很好了，不能要求更多。伊魯戈總是說，心情好才不會生病。

阿瑪希姆是個安靜的城市，每逢春天就會開出美麗的油菜花。種植油菜花是為了吸收滲入大地的輻射物質。伊魯戈在農家幫忙，藉以維持生計。收入雖少，卻能獲得賣相較差的芋頭和蔬菜，倒是不愁沒得吃。女兒艾卡特個性好強不輸男生，伊魯戈認為大概是繼承了捕鯨人祖先血統的緣故。艾卡特十六歲時開始做起打掃飯店的工作，晚上還在酒吧打工，賺來的錢一半當作家用，另一半則好好存起來。明明正值青春年華，她卻不交男朋友。

到了二十歲，艾卡特在未婚狀態下開始試圖懷孕。她去精子銀行買精子，因為聽說那裡的種品質好又便宜。卵子用的是自己的，不料流產了四次。這時，艾卡特身上發生了她最害怕的事——白血病發作。由於暴露於阿爾米亞古都的輻射下，與艾卡特年齡相仿而得了這種病喪生的人不少。艾卡特肯定想像過無數次這宛如噩夢的未來。之所以心無旁鶩，不談戀愛也不尋覓伴侶，只是拚命工作，努力想生小孩，原因或許和背後的這個問題有關。第五次人工授精成功，艾卡特終於撐到臨盆，沒想到進產房前身體狀況惡化，就這麼撒手人寰。遺體裡的胎兒，艾卡特的兒子還活著，從母親子宮裡取出，成了早產兒。生死一線，艾卡特拚了命地將生命交棒給下一代。烏瑪索．以雅薩德[8]就此誕生。早已習慣獨自扶養小孩的外婆伊魯戈收養了烏瑪索。以某種程度來說，烏瑪索在這位強韌的外婆身邊健康長大，可以說是非常幸運。

7 拼音反過來是「Umihama」(美濱)，亦為日本核電廠所在地。
8 拼音反過來是「Tazai Osamu」，與日本作家「太宰治」同音。

第二章
撒尿小童

孩提時代的烏瑪索非常著迷於《功夫小子》。那是一部深受孩童喜愛的卡通。當時的烏瑪索還分不清現實與卡通的差別，一心希望長大後能當功夫小子。而當他和一般人一樣學會分辨兩者的差異後，烏瑪索的夢想便從「成為功夫小子」轉變為「成為像功夫小子一樣強的男人」。除了每天上住家附近的空手道場鍛鍊，仰臥起坐、伏地挺身和深蹲都是每日不可或缺的訓練。

那時烏瑪索只認同強大的人，也只愛這樣的人。對他而言，只要這麼想，就等於世界上沒有弱者。從功夫小子畢業後，再次擄獲烏瑪索的心的是賽薩克．耶魯克，一位走真打路線的職業摔角手。賽薩克．耶魯克曾是柔道奧運金牌選手，帶著輝煌經歷刻意選擇進入摔角界。靠票房成立的摔角界不可能有人真打，畢竟要是一受傷，就再也無法賺錢了。然而，這位賽薩克．耶魯克下手可是毫不留情，接連將好幾個同行打得送進醫院。他很強，這是無可否認的事，只是從成人的角度來看不禁疑惑，有必要做到那個地步嗎？甚至有人說姑且不論強不強，他的頭腦是不是有問題。不過，烏瑪索不懂這些大人的想法，他只知道賽薩克．耶魯克是自己的英雄。站在電視機前看賽薩克．耶魯克將對手拋出擂台圍欄外後吼叫的模樣，烏瑪索也跟著興奮吼叫。

耶！賽薩克！賽薩克！你是第一！

漸漸地，烏瑪索也找到變強的方法，參加了伊羅摩亞[1]州國小空手道大賽，拿下團體亞軍、個人季軍的成績。外婆很高興，烏瑪索卻不太滿意。他的哲學是——強大的男人最重要的條件是做什麼都得第一。伊久沙姆如果還活著，聽了一定會落下開心的眼淚。第一砲手的基因跨越時代，出現在烏瑪索身上了。看看伊久沙姆留下的照片，兩人確實不能說不像。遺憾的是，比較兩人的人生，完全找不到共通點。

升上中學之後，烏瑪索加入空手道社。可惜身材長得比別人慢一點，雖然他曾在個人賽中拿過季軍，但夾在成長顯著的同伴之間，烏瑪索的表現愈來愈不如意。外婆伊魯戈鼓勵他說，你很快也會長大的，烏瑪索卻徹底喪失自信，慢慢荒廢社團，最後成了幽靈社員。

那陣子，烏瑪索愛上同班同學愛莉卡．烏拉薩姆。她是短跑選手，烏瑪索從未看過她跑輸的樣子。光是這樣，愛莉卡就值得成為烏瑪索的初戀。初戀的理由僅此而已。

只要有她參加的比賽，烏瑪索一定在場邊觀賽。當她衝過白色終點線時，他也比誰都歡呼得更大聲。

太棒了！愛莉卡！妳是第一！

漸漸地，這份情感無法按捺。

好想跟她交往！

無計可施的烏瑪索心想，既然如此，只能直接追求了。只有年輕時才做得出如此大膽的行動，那天放學後，烏瑪索叫住愛莉卡。

……我喜歡妳。

愛莉卡毫無反應，從烏瑪索面前走了過去。烏瑪索追上前，擋住快步離去的她。

噯，跟我交往嘛。

1 拼音反過來是「Aomori」，與「青森」同音，青森亦為日本核電廠所在地。

愛莉卡從烏瑪索手臂下鑽過去。

喂！

烏瑪索大叫，對這聲音起了反應，愛莉卡跑了起來。

喂，妳倒是說點什麼！

烏瑪索邊喊邊追上去，但他完全追不上她。烏瑪索一直追到筋疲力竭，頹然倒地。看著不支倒地的烏瑪索，愛莉卡開口了：等你跑得比我快再說。

瞬間，烏瑪索有了人生目標。打倒愛莉卡，這是多麼甜美的目標。光想到這個，不縱跳個五分鐘就無法讓心情鎮定。從那天起，烏瑪索開始練跑。除了第一天跑過頭導致肌肉拉傷，被迫休養一個月外，在他不屈不撓的努力下，順利持續鍛鍊，半年後已達到可挑戰愛莉卡的水準。要是她放水就沒意思了，得想個光明正大對戰的方法。每天晚上這樣胡思亂想，終於讓烏瑪索天外飛來一筆地想到一個挑戰方法。

某個傍晚，烏瑪索跟蹤結束社團活動的愛莉卡，走到她家附近那條人煙稀少，兩旁植有行道樹的路上。

……就是這裡了。

烏瑪索掏出口袋裡的頭套，罩住頭、臉，朝愛莉卡跑過去。只要愛莉卡回頭，就一定會嚇到，也肯定會善用與生俱來的天賦拔腿狂奔。以日暮時分的行道樹為背景，一場旗鼓相當的追逐戰就此展開。途中，愛莉卡丟出書包，書包角砸中烏瑪索的鼻子。不過，烏瑪索並未因此放慢速度，繼續展現特訓半年的成果。

就在並駕齊驅的瞬間，她忽然停下腳步。一個轉身，往相反方向飛奔。

愛莉卡！

烏瑪索大叫。愛莉卡回頭。

是我，是我啊。

烏瑪索脫下頭套，露出汗水淋漓的臉，臉上是少年陶醉在勝利之中的爽朗笑容。

你是誰？

是我啊。

…………

原來愛莉卡根本不記得烏瑪索，更別說半年前的約定。話雖如此，她畢竟是個運動員，又或者認同了這異想天開的追求招式，總之，愛莉卡點頭答應與烏瑪索交往。

約過幾次會後，兩人開始找尋下一個地點。一個誰都不會來的安全密室。一個能讓兩人獨處共度甜蜜時光的場所……星期天的體育館倉庫。

兩人在那裡嘗試初體驗。愛莉卡用像在更衣室換運動服一樣熟練的動作脫掉衣服，全裸躺在墊子上。烏瑪索戰戰兢兢地赤裸身體，依偎在她身旁躺下。他們接吻、擁抱，接著愛莉卡握住烏瑪索的陰莖上下摩擦。

欸，這已經算勃起了嗎？

咦……對啊。

等等，這個我沒辦法。

……什麼？什麼沒辦法？

因為你這……根本還是個孩子啊。

愛莉卡稍微用力摩擦烏瑪索的性器。

唔唔！

烏瑪索毫無遲疑地射了精，蜷縮在墊子上。用手帕擦掉噴在胸口的精液後，愛莉卡說：你很快就會長大的。

烏瑪索依然蜷曲著，止不住射精後的痙攣，愛莉卡已經開始俐落地穿回衣服了。烏瑪索顫抖著聲音說：

妳能等我到那時候嗎？

等？我才不等呢。你先把那東西好好養大再說吧。

烏瑪索再次面臨重大課題。

先養大再說……？

這是個男性精子呈現減少趨勢，品質也逐漸惡化的時代。不幸地，烏瑪索的青春期正好在這個時代下萌芽。顯微鏡下，精液中只有少數變形的畸形精子游動。如今仍保有優良精子的男人瀕臨絕種，人稱「種馬」。民間精子銀行爭相高額收購這些人的精子，「種馬」光是賣精就能累積巨富，因此也被稱為「種馬暴發戶」。

污染物質在胎兒形成的階段就造成污染了。即使受精再成功，一旦在子宮中遭受污染，最後還是會生出沒有生殖能力的男孩。問題是，剛出生時不會知道，得等到第二性徵發育時才會知道答案。換句話說，答案必須等到恥毛生長，性器日益增大時才揭曉。性器順利長大的少年是幸運的，這樣的少年應該把自己的精子擦在蓋玻片上，放到顯微鏡底下觀察。當他看到那活力十足的小蝌蚪四處游動時，再害羞地立刻向家人報告。而聽到少年說精子「游來游去」的父母，就該立即帶他去精子銀行報到。只要判定屬於優良精子，也就是說，只要少年被認定為「種馬」，這一家人將得到游手好閒也能吃喝玩樂一輩子的財富。可惜的是，現在這種小孩難得出現了。

若蓋玻片上出現的是無精打采的精子，等待少年的只會是普普通通的人生。普普通通地結婚，普普通通地生小孩。精子銀行只是非優良精子不買而已。所以，這類男人有時也會被稱為「safer（安全的人）」或「rubberless（不需要保險套的人）」，也就是做愛時不需要避孕的男人。幾乎所有女性的結婚對象，都是這些「safer」。也有發育得比safer更糟的男孩，在他們邁入第二性徵發育期時什麼事都沒發生。這些靜悄悄度過青春期的可憐男孩生殖器成長不良，擁有發育不完整的陰莖。一般人稱這種症狀叫「撒尿小童」。遇到像小孩一樣發育不良的陰莖時，女性們會失望嘀咕：什麼嘛，竟然是個撒尿小童。

愛莉卡口中「還是孩子」的烏瑪索的陰莖，幾年後也沒長大。成人後依然那麼小。是的，烏瑪索是個「撒尿小童」，和愛莉卡的戀情沒能重來，連上場的機會都沒有就落幕了。

第三章
守衛

高中畢業後，撒尿小童烏瑪索進入保全公司當警衛。最初被派駐的地點是製藥公司的工廠。他負責的崗哨在西側常用門旁，和一位名為歐普．拉格提的資深警衛一組。

烏瑪索第一天上班，抵達職場時，前輩已經換好制服了。

……你好。

烏瑪索略帶緊張地打招呼。

你是新人？

歐普說。

是的，我是烏瑪索．以雅薩德。請多指教。

我是歐普．拉格提[1]。叫我歐普就好，請多指教囉。對了，總部叫你幾點來上班？

七點。

明天開始，提早十五分到。

……六點四十五分嗎？

對啊，你有什麼意見嗎？

沒有，我明白了。

烏瑪索手忙腳亂地挺直背脊。歐普忽然露出親切的微笑，拍拍烏瑪索的肩。

別這麼緊張啦，我可不是想對新人嚴格才這麼說。只是從前陣子起，第一趟貨車總是七點剛過就來了。你換好衣服就過來，我看貨車也快到了。

歐普說得沒錯，不多久就來了一輛卡車。司機下車過來辦入內手續，在文件上簽名。烏瑪索趁機偷看卡車裡的東西，不由得嚇了一跳。裡面似乎是一群正在哼哼叫的活豬。為什麼要運活豬到製藥公司呢，是廚房要用的嗎？他目送卡車開進工廠，對歐普提出心中的疑惑。

那不是豬嗎？做什麼用的？

可不是要拿來灌香腸的喔。那些是ＤＮＡ動過手腳的豬，都是要拿來當藥品原料的。

是喔，還可以當藥品原料啊。沒想到豬能派上這麼多用場，真了不起。

豬的話題到此為止，趕緊工作。

回頭一看，歐普露出嚴肅的表情，指向常用門。

站在那裡，那是你的崗位。

烏瑪索趕緊就定位。

四下再次恢復安靜，偶有工人從馬路另一側的公寓走出來。每個人都默不作聲，只有踩在石板路上的腳步聲響徹周遭。好像還聽得到不知何處傳來的鳥叫聲。

不過，七點十五分一過，幾百名員工全衝向常用門。警衛必須一一檢查通過門口的員工攜帶的每一件物品。伴隨八點三十分的鈴聲，早晨這套儀式才告結束。對第一天工作的烏瑪索來說，簡直是狂風暴雨般的四十分鐘。可惜了簇新的制服，都被汗水給濕透了。

將員工全部送進工廠後，靜寂與無聊再度籠罩，一切彷彿沒發生過。

烏瑪索站在門前。有他這個新人來，歐普樂得坐在值班室裡，鞋也不脫，直接把腳擱

1 拼音反過來後近似「愛倫坡」。

在桌上，專心看報。烏瑪索耐不住沉默，試著向歐普搭話。

這份工作還滿難熬的呢。只能站在這裡……

喂，混蛋！第一天上工就敢閒聊？閉上嘴好好看守！

烏瑪索低下頭，一股不安竄上來。自己真能做下去嗎？在這麼兇的警衛底下……

怎麼？別這麼沮喪嘛，很快就會適應了。

以為自己連應聲也不行，烏瑪索保持沉默。

喂，我講話你沒聽見嗎？聽見的話好歹答個腔。

啊，我有聽見。

我說，很快就會適應了。

這樣啊。

剛才是跟你開玩笑的，講講話沒關係啦。要是沒人陪我聊天，我也很傷腦筋啊。

這樣啊。

你說點什麼吧。

啥？

不然都是我在講啊。

這樣啊……

喂，你是怎麼了？不擅長聊天嗎？

姑且不論擅不擅長聊天，跟第一次見面、年紀又差了一大截的對象說話本來就很為難。該說什麼才好呢，什麼話題都想不出來，他又一直嚷著「喂喂，怎麼了」催促，就算有話題也想不起來了。烏瑪索拚了命找話說。

歐普先生，那個……您覺得如何？要多久才能適應呢？這份工作。

我覺得喔？唔……

這麼沉吟一番後便陷入沉默，良久不見回應。

烏瑪索暫時只得默默站崗，但身體立刻不安分起來。哎呀，真難熬。真無聊。無聊得快死了。但也已經提不起勇氣找歐普聊天了。烏瑪索抬頭望天。

頭上只有飄著悠閒白雲的天空。

哎呀，真無聊。真無聊。還會有什麼工作比這更無聊嗎？簡直是酷刑，終極的浪費時間。拿有限的人生來站在這裡什麼也不做，這到底算什麼。人類就是要動才算人類，不動就沒意義了。我是個人類，從生物學上來說就是動物，不是植物。不會動了的人稱作植物人，腦死狀態。腦死了還算得上是人嗎？自暴自棄的烏瑪索不斷思考，化作言語。言語與思考的循環，這循環絕不能斷，一斷無聊就會找上門，還有睡魔也是。

植物、植物、植物。植物為什麼不會無聊呢。因為他們什麼都看不到？什麼都聽不到？但話說回來，植物真的什麼都看不到嗎？真的什麼都聽不到嗎？連自己是誰都不知道嗎？這個問題的答案，只有問植物才知道了。

要是自己成為植物，不知道會有什麼感受。

一棵樹。

生長在製藥公司門口的一棵銀杏樹。

警衛樹。

樹的感受。樹會有什麼想法？

我現在像這樣背對著門站著，但樹呢？樹也會有腹背之類的前後概念嗎？他們是不是時時刻刻都從三百六十度全方面感受四周呢？因為這樣才不無聊吧。三百六十度的感受。

原來如此，好像開始了解樹的心情了。

感受著透過雲縫照射下來的光，烏瑪索閉起眼睛，試圖成為一棵大樹。這麼一來，不知不覺就舒服得睡著了。膝蓋一彎，嚇得頓時清醒。

不行、不行。

烏瑪索揉揉眼睛。

不行、不行。工作、工作。警衛的工作。警衛的工作就是一直站著。對了，我剛才在想什麼來著？對了，是植物，從植物開始接著想下去吧。

這麼說來，植物這種東西真不可思議。哪裡不可思議呢……是什麼呢？想不出來。自己先說了不可思議，又說不出哪裡不可思議，難不成是沒什麼不可思議的地方嗎？好像是沒有。那花如何？花不可思議嗎？有紅有黃呢。這樣好像也沒什麼不可思議的。不對、等等喔。這很不可思議吧，為什麼會有紅有黃呢……喔，這個我倒是知道。是為了吸引蟲子靠近。花知道蟲子喜歡什麼顏色……你說什麼？花竟然知道蟲子喜歡什麼顏色？植物會知道蟲子的想法？再說，又為什麼會知道顏色的事？植物又沒有眼睛。有紅色或黃色、藍色或紫色……綠色……

膝蓋一彎，猛地清醒。

不行、不行。

這種事反覆了幾次，午休時烏瑪索已筋疲力盡。不管怎麼說，唯有睡魔一定得趕跑才行。吃過午飯，試著趴在值班室裡的桌上睡午覺，這下又不知為何睡不著了。為了讓烏瑪索清醒，歐普泡了濃縮咖啡，並說：

暫時忍耐一下，頭一個月都很難受的，也會想這樣一定持續不下去。我也認真想過要換工作唷，但想說要辭的話，總得先做一段時間，找個好時機再辭。結果就這麼努力了一年。一年過後，就不再覺得那麼難受了。之後算算也做了三十年，說來真是不可思議。

有什麼訣竅嗎？

最好的訣竅就是不要去想那種東西。很快你就會連思考都嫌麻煩了啦。一開始會不耐煩，覺得時間過得很慢，最近可是每天都咻一下就過了。以前下班後還經常去玩樂，現在是心有餘而力不足。光是回家淋浴、吃飯，就只剩下睡覺的力氣了。最近啊，連做這些事都覺得累，總覺得時間走得好像比從前還快。

人家都說上了年紀就會有這種感覺呢，我外婆也說過一樣的話。

你外婆幾歲了？

今年八十二歲。

到這個歲數，說不定會覺得太陽升起後一小時就下山了呢。

說不定喔。

哈哈哈哈，是吧？啊哈哈哈哈。

歐普頻頻大笑，但話題也到此為止。

午休差不多要結束時，歐普傳授烏瑪索一件事。

數窗戶吧，能撐過不少時間。

從烏瑪索站的位置，能看到馬路另一側那棟老舊的公寓。牆面老朽，到處都有裂痕。工作時，烏瑪索不得不一直盯著這棟公寓。他心想，我簡直就像在監視這棟公寓嘛。好像我是這公寓的警衛似的。明明守衛的是藥廠，但是從他站的位置望去卻看不到藥廠。因為他必須背對藥廠站立。路人看到烏瑪索，應該會認為他是藥廠警衛，但是警衛看到的始終是另一側的景色。烏瑪索今後必須一直看著這幅景色。

好像反過來了呢。烏瑪索情不自禁脫口而出。

咦？你說什麼？

歐普問。

啊，沒什麼。

烏瑪索按照歐普教的，開始數起了對面公寓的窗戶。

一、二、三、四、五、六、七、八、九、十、十一、十二、十三、十四、十五、十六……

回過神來，才發現自己已閉上眼睛。烏瑪索急忙深呼吸，凝視眼前的公寓。

有幾扇？歐普說。總共有兩百二十四扇吧？

對……欸？

烏瑪索趕緊從頭數過。沒錯，確實有兩百二十四扇窗。問題是，數完就沒事了，根本沒打發到時間。難道歐普每天都這樣數一遍？自己是做不到的。不管怎麼說，這種無聊事就是酷刑。儘管歐普說只有最初一個月會這樣，烏瑪索懷疑自己是否撐得過三天。他開始認真思考換工作的事。接下來找什麼工作好呢？沒想到，開始想這件事竟撐過了不少時間。話雖如此，這個方法還是有用膩的時候，於是烏瑪索在腦中依序播放起瑪儂．羅可專輯裡的歌。做這件事又打發了不少時間。當時瑪儂．羅可很紅，是個外表看不出是男是女，具有中性魅力的歌手。烏瑪索把瑪儂．羅可的歌聽得很熟，幾乎要聽膩了，所以能在腦中完整重現所有歌曲。包括前奏和間奏在內。完整重播出《噩夢》這張專輯差不多需要一小時，結束這張專輯後，接著再播放第二張專輯《冬物語》。

烏瑪索就如此串起一個循環。先依序在腦中播放瑪儂．羅可的專輯，結束後再開始思考換工作的事。想膩了，便再從頭播放瑪儂．羅可。

有各式各樣的人進出眼前的公寓，隔著窗戶，烏瑪索將他們的生活看得一清二楚。公寓居民平凡不值一提的生活，奇妙地融入瑪儂．羅可的歌曲中。三樓最邊角的房間裡住著一位獨居的年輕女孩。她的窗簾通常是拉上的，無法窺看裡面的情形，但偶爾也有敞開的時候。每逢這種時候，烏瑪索就會認為那天很幸運。

女孩常在屋裡練習跳芭蕾舞。芭蕾很美，烏瑪索腦中浮現瑪儂．羅可的〈壞掉的時鐘〉。這是瑪儂．羅可拿蕭邦的〈雨滴〉為基調，加上自己創作的歌詞後重新編曲的歌。烏瑪索不知道女孩用什麼曲子來跳芭蕾舞，只是一配合起她的動作同步播放這首歌，整個世界都會散發一股神聖的光彩。就像天使降臨大地，淨化世上所有毒素般。感覺就是如此神聖。

烏瑪索心想，這份工作或許做得下去。人生就是這樣，只要擁有如此微薄的快樂就能感到十分幸福。烏瑪索擅自替女孩取名「瑪儂」。因為瑪儂．羅可的關係。

數日後的某一天，烏瑪索結束工作，在回家路上，走到某間咖啡店前忽然停下腳步。瞬間，他的心跳彷彿快要停止了。「瑪儂」就坐在窗邊，邊出神地眺望窗外，邊津津有味地吃炸魚。烏瑪索立刻鑽進咖啡廳，自己也點了炸魚，坐在離她不遠處的位子上。他沒想過要上前搭訕，光是跟「瑪儂」坐在同一間咖啡店裡共享同一段午茶時光就太幸福了。「瑪儂」吃完炸魚，喝光咖啡，走出店外。烏瑪索大嘆口氣，也把炸魚吃完才離開。心想，要是不時能有這樣的日子就好了。

回到家，外婆伊魯戈已將晚餐擺放在餐桌上。怎麼這麼晚，飯菜都涼掉了，外婆說。

烏瑪索雖然吃過炸魚，因為怕外婆知道他在外吃過東西才回來會不高興，又裝作若無其事的樣子，把餐桌上的飯菜掃光。

工作做得怎麼樣？腳抽筋了吧？

嗯。

去洗個澡，按摩一下。

嗯。

烏瑪索一吃完飯就速速躲進房，躺在床上，聽起瑪儂．羅可的〈壞掉的時鐘〉，然後這麼說給自己聽。

這份工作，應該可以做下去。

第四章
精子銀行

某天，烏瑪索在值班室裡吃午餐，一個年輕男人從窗外敬禮，眼看就要通過大門。

嘿！你的通行證呢！

剛從廁所回來的歐普叫住男人。

男人轉身，從口袋裡掏出通行證，出示給歐普看。

在這裡簽名。

歐普邊說，邊遞出入內者簽名簿。男人簽著名說：

你知道嗎？明年起育兒津貼的法律要修改了。每戶每個小孩可領到的津貼各提高百分之二十八。

喔，我看到報上寫了。光是一個小孩拿到的錢，就是我們月薪的三倍呢。要是有三個小孩就是九倍，真令人厭世。歐普說。

沒辦法啊，人口不足嘛。你打算生小孩嗎？

你想太多，哪有多餘的錢生。

別這麼說，加油看看嘛。對了，我知道有便宜的種可以買喔。男人說，打開提包。歐普狐疑地朝簽名簿望去，男人剛才簽的是：

「奧利佛精子銀行 歐阿薩姆．伊奇洛夫[1]」

搞什麼啊，原來是「種行」來的。

歐普用不悅到了極點的聲音說。男人從提包裡拿出型錄。

現在最受歡迎的就是這個：「愛因斯坦A25K」。

歐阿薩姆．伊奇洛夫翻開型錄第一頁，頁面上出現的是阿爾伯特．愛因斯坦的插畫。畫面上，愛因斯坦雙手抓著鰻魚般活跳跳的精子。精子光溜溜的頭部寫著「$E=mc^2$」。愛因斯坦一定沒想到自己死後會被拿來這麼用吧。

歐阿薩姆說，這是奧優克特大學畢業菁英的精子。

歐普說，反正一定很貴。

價錢是高了點啦……不然這個怎麼樣？便宜歸便宜，品質還不壞喔。

歐阿薩姆接著翻開另外一頁，出現在頁面上的是個大鬍子，正用釣竿釣起精子。大鬍子厚實的胸膛上印著「海明威B12K」的文字。

歐阿薩姆說，這個月價格掉了一點，要買就趁現在。先買起來嘛，要為將來打算啊。種買起來放著又不會臭掉。

歐普揮著手說不需要，然後指向「B12K」的地方問，這12K是精子數量的意思嗎？一千兩百萬個？這數量要用來受精不太夠吧？

是一億兩千萬個啦。不過事實上，數量不是問題。最重要的是品質。只要放一隻最高品質的精子進卵子就行了啊。你也來一隻吧，如何？

誰買得起啊。

1 讀音反過來後近似「Horiki Masao」，音同太宰治《人間失格》裡的角色「堀木正雄」。

別這麼說嘛，回家和夫人商量商量。歐阿薩姆這麼說完，硬是把型錄塞進歐普手中。

夫人做過肝臟移植了嗎？

……哪來這個錢。

現在的話，豬很便宜啊。最高級的「人類豬」。

種行連「人類豬」都賣嗎？

我們公司提供的是綜合生殖服務，所以才有賣。什麼都得做啊。現在這麼不景氣，什麼都得做才能渡過難關。所以呢？如何？買不買豬？可以算你便宜一點喔。下次我們會進一批能取到上等肝臟的品種，亞娃尼克[2]種，分期付款也行。你應該知道吧？現在國會正在討論制定移植用家畜品質基準的事，現在不買的話，價錢只會愈來愈高，哪天就會高到買不起了，這只是時間的問題。建議先買起來比較好啦，肝臟移植對身體也好啊。明年起，連污染檢查基準也會變得更嚴。你們家的做過污染檢查了嗎？幾級？

你說我老婆？死了啦。子宮癌。

……什麼嘛，原來是這樣。那還真可憐。

要是有錢就有救了，真恨這時代。

沒辦法啊，要抱怨就去跟那些身強體壯的老人說。還不是他們污染的，這顆美麗的星球。對了，種馬檢查呢，你去做了嗎？

嗯，去年。

結果怎樣？

不到七百萬隻。

每一毫升嗎？這樣離種馬還差得遠了。在哪裡接受檢查的？

人類重生精子銀行。

哎呀呀，被敲竹槓了吧？

真的是受夠了。

在我們家做的話，只要重生那邊的半價呢。不，可以幫你算更便宜的，明年來我們家做吧。不如幫你灌水到一千萬隻也是可以的唷。

灌這一點有什麼屁用？就算有一千萬隻，還不是不能拿來賣。

2 拼音反過來後近似「Okinawa」，與「沖繩」同音。

這樣說也是沒錯啦……嘿，你！

歐阿薩姆將矛頭指向值班室內的烏瑪索。

你單身嗎？

是啊。

有沒做過種馬檢查？

烏瑪索搖搖頭。要推銷的話，去找更有錢的人啦。烏瑪索這麼一拒絕，歐阿薩姆就像想起什麼似的，厚著臉皮跑進值班室。

喂，混帳！

聽到歐普這麼怒吼也不以為忤，歐阿薩姆跑到烏瑪索身邊，摘下他的警帽。

你想幹嘛。

不，哎呀，這可真意外，你不是烏瑪索嗎。是我啊，我歐阿薩姆啊。

歐阿薩姆？

忘了嗎？我們國中同班啊。

啊，是歐阿薩姆！

烏瑪索情不自禁從椅子上站起來。

哎呀，真的，是歐阿薩姆，剛才都沒認出來。

歐阿薩姆是烏瑪索的國中同學，但不太熟。他是個隨和善交際的男人，只是總覺得有點狡猾，感覺不太能信任。話雖如此，睽違已久的重逢，讓烏瑪索徹底忘了這一點。

那天傍晚，為了慶祝兩人的偶然重逢，烏瑪索和歐阿薩姆一起去吃飯。這對老友聊起從前的事和同學近況，聊得興高采烈。過了一會兒，歐阿薩姆說出令人懷念的名字。

你還記得愛莉卡嗎？

嗯。

她去年結婚了。

喔喔。

說想生小孩，就來拜託我幫忙。就是豬和精子的事啦。現在她應該正好移植完，還在住院。改天我要去探望她，要不要一起去？

不，我就不去了。

為什麼？你以前不是很迷戀她嗎？

我才沒有呢。再說，都已經是別人的老婆了。

這樣說也是有道理，哈哈哈。對了，我問你，有個不錯的兼差，你有沒有興趣？

兼差？

是啊，很簡單的。只要借我你的大頭照就好，沒別的了。

那是幹嘛？

用在精子提供者的個人資料上啦，代替有些不能露臉的提供者。

什麼意思？是犯罪者的精子嗎？是這麼回事嗎？聽起來好可怕。

不是那樣的啦。老實說，我們公司有些賣剩的精子，其中也有5K等級的。5K的意思就是至少有五千萬隻，換句話說，是自己提槍上場也可能受精成功的精子。

精子不是不夠嗎？怎麼還有剩？

有剩啊，老實說，即使精子本身和提供者的學歷都不錯，一旦長相不好，客人就不願意出手。比方說，禿頭的精子就最難賣。不管是「愛因斯坦」還是「達文西」，客人最先確認的就是提供者有沒有頭髮。既然知道這一點，我們怎麼能把禿頭的照片放在個人資料上。

愛因斯坦和達文西本人不也是禿頭。

哈哈哈，被你這麼一說倒也是喔。但那只是商品名稱啊，又不是真的賣李奧納多．達文西的精子。好啦，總之，大家就是會排斥禿頭，還有胖子，這個也不行。

歐阿薩姆從提包裡拿出資料夾，裡面滿是精子提供者的大頭照。

你看看，這些都是假的。看起來全都是美男子吧？如何抓住世間主婦的心，就靠我們業務員的手腕了。

這豈不是詐欺嗎？要是被抓包怎麼辦？

毫無疑問是詐欺。不過，不管哪間銀行都這麼做啊。詐欺罪的時效最多十年，合約書的保證期也是十年。期限一過，客訴也無效。出生才十年的小孩哪知道會不會禿頭啊。所以這堪稱完美犯罪。

哇喔！

不過，胖子比較麻煩，因為胖子從小就胖。所以啊，胖子是糾紛的來源，絕對不能對胖子出手，這是我們這行的鐵則。

這麼一來，世界上的胖子不就愈來愈少了嗎？

你說得沒錯，胖子很快就要絕種了。

人類搞不好都快消失了呢。按照某學者的說法，頂多再撐一百年。

納帕吉國民大概會消失得更早。畢竟這個國家的污染特別嚴重。

……說得也是。

總之，我們種子銀行的人得努力才行了。不更努力讓大家生孩子不行啊。烏瑪索，你就當是幫人類一個忙嘛。

雖然不是為了人類，烏瑪索還是決定兼這份差。星期天，烏瑪索在歐阿薩姆帶他去的鎮上一個小攝影棚裡拍了照。攝影師的妻子拿了正式服裝借烏瑪索穿，還幫他化了點淡妝。歐阿薩姆站在鏡子後面說：

報酬採抽成制，精子賣出去的話，收入的百分之二歸你。我會預先收一點業務手續費，可以吧？還有，這裡拍照的費用也是你自己出。

咦？

怎麼沒有事先說。

我手頭沒錢啊。

什麼……可惡，好啦，算了，就看在同班同學的情份上，拍照的錢算我的。既然這樣，業務手續費就不能再打折了喔。之後我會寄資料給你，填好再寄還給我吧，手續費到時一起付就好。

照片洗出來後，烏瑪索要了一張回家當紀念。

過了幾天，收到歐阿薩姆寄來的資料，裡面放了一張精子提供者的大頭照，是個長相不起眼的禿頭男人。歐阿薩姆還附上一封信。

「……這個男人就是使用你照片的精子提供者。他是亞娃尼克的農夫，精子活動率高，相當不錯。你得把這傢伙的個人資料記起來。」

烏瑪索朝個人資料望去，完全找不到哪裡寫有亞娃尼克農夫的事。從資料看來，這個人根本就是令人驚嘆的菁英分子。

姓名：阿塔岡・納茲特[3]

出生地：伊羅摩亞州那傑羅索[4]

畢業於：奧優克特大學

專長：游泳

後面長達幾十頁的內容，詳細記錄了他從出生到現在的個人傳記，歐阿薩姆的意思是得把這些全記住才行嗎？信中還寫到：

「……原則上買家禁止與提供者接觸，但也可能在什麼地方碰巧遇到。到時候，你必須假扮成這個男人才行。也有買家會在購入精子時僱用私家偵探，找尋精子提供者的下落。所以希望你小心一點。最常被問到的是出身地和畢業於哪所大學，有時還會故意提起父母或兄弟的事來試探。不過你不用擔心，交給買家的身家資料和寄給你的一模一樣，買家知道的不會比這份資料更多。還有，記得把提供者姓名放在你家門牌上。有些買家在路上撞見提供者後，第一件事就是跟蹤對方回家。一旦看到門牌上沒有提供者的姓名，他們就會起疑心。其中也有不少人只要看到門牌就放心相信了。

資料填好後，這星期內寄還給我。別忘了手續費。那就先這樣。

歐阿薩姆・伊奇洛夫」

除此之外，信內還附上一張精子與DNA的檢驗數據。包括精子濃度、活動率、基因特徵、典型疾病的發病率等資料都記錄在上面。這份資料對買家而言非常重要，「脫毛症」那一欄註記沒有問題，但肯定還有其他地方遭竄改。

不知道憑這份資料選小孩的父母現在怎麼樣了。說到底，大家的目的還不都是為了錢。這麼一想，烏瑪索的罪惡感似乎減輕了些。他在自家門牌補上「阿塔岡・納茲特」這個陌生男人的名字。

幾天後，烏瑪索對歐普說了這份兼差的事。現在他和歐普已經是無話不說的交情了。

我就要發大財了。

3 讀音倒過來近似「Tetsuzan nagata」，影射日本帝國陸軍統制派核心人物永田鐵山。

4 讀音倒過來為「Osorezan」(恐山)，恐山位於青森，為日本三大靈場之一。

烏瑪索略顯得意，歐普卻潑了他一桶冷水。

你啊，被騙了啦。這是常見的手法啊，對方收了你手續費對吧？

咦……嗯。

唉，真是傻瓜。

瞬間陷入不安，烏瑪索當天晚上就打了電話給歐阿薩姆，要求當沒發生過這件事。聽了他這麼說，歐阿薩姆不高興地嘆了口氣。

事到如今，就算你說要當沒發生過這回事，手續費也無法退還了喔。其他業務員已經拿著你的照片出去拉生意了啊。

果然是騙錢的手法。

說什麼騙錢手法啊，幹嘛這樣，講得這麼難聽。你意思是說我騙了你嗎？

難道不是？

好啦好啦，算了，就把手續費還你，這樣總行了吧？

可以的話是希望你這麼做。

喔，好啊。怎麼說我們公司也是正當經營的企業，日後會牽扯不清的麻煩商品可不能拿來賣。要是捲入無聊的官司，日後只會更棘手。

抱歉哪。

我呢，只是念在昔日交情介紹你個有錢賺的差事，多年不見，沒想到班上功課最好的秀才竟然在當警衛。不、在那之前，根本沒想到你還會留在這小地方。不是早就應該到奧優克特之類的地方賺大錢了嗎？該怎麼說才好呢，我是有點失望啦，也覺得滿同情的。別人就算了，唯獨希望烏瑪索・以雅薩德你要好好加油啊。像我這種人或許幫不上什麼忙，即使如此還是希望自己能派上用場呀。結果你是怎樣？算了啦，隨便你！

歐阿薩姆說完就掛了電話。人家明明沒有惡意，自己卻把他說得像個詐欺師，烏瑪索忽然感到過意不去，東想西想地猶豫了一小時，再度打了電話給他。

是我不好，原諒我吧。我說得太過分了。其實是因為我的警衛同事覺得可疑啦。

我才抱歉，不該那樣兇你的。做這種事只會傷害學生時代的友情，太愚蠢了。我也是多管閒事啦，以後不會再找你了。不過，我這麼說不是要為自己辯解，這真的是個不錯的兼差啦。低風險，高回收，你要是缺錢，隨時都可以來問問看，只不過下次就要收拍照的錢了。

……我說，關於這件事啊。烏瑪索吞吞吐吐地開口。我看還是繼續下去吧，兼差的事。

結果，烏瑪索的大頭照依然繼續用在奧利佛精子銀行的檔案資料上。

第五章
雷班娜與艾莉亞姆

過了半年，烏瑪索還是站在製藥公司門口。那個叫阿塔岡的禿頭精子始終沒有賣出去。歐阿薩姆不時會打電話來，大概是想表示他有好好在跑業務吧。就用這種方式讓烏瑪索放心，然後從他手中繼續奪走金錢。

現在這麼不景氣，要賣出去沒那麼簡單啦。是說，已經過了六個月，怎麼樣？要續約嗎？我上次忘了說，半年得續約一次才行，要續約的話就要付追加手續費，一旦過期，重新簽約的手續很麻煩，別忘了續約喔。

雖然無法認同，但也只能乖乖匯錢的烏瑪索心情跌到谷底。追加手續費相當於警衛工作五天的薪水。整整五天做白工。整整五天心情都不好。隔了一週，差不多開始忘記這件事的某天下午，烏瑪索一如往常站在崗位上守衛，正好看到瑪儂被車撞。那天，瑪儂不知有什麼開心事，容光煥發地從公寓裡飛奔而出。

啊，危險！

下個瞬間，耳邊響起尖銳的煞車聲。她的身體滾上一輛白色汽車的引擎蓋，然後掉落地面。落地後的她雖想立刻起身，膝蓋卻朝反方向彎折。

哎呀，出車禍了嗎？

歐普高喊著衝出值班室。烏瑪索正想過馬路，就被叫住。

喂！不可擅自離開崗位！

歐普幫忙打了電話報警，烏瑪索很想做點什麼，感到非常遺憾。

看熱鬧的人圍住瑪儂，救護車很快就來了，將她送往醫院。這下肯定得直接住院了吧。

隔了一天、再隔一天，都不見她回到公寓。星期五傍晚，結束工作的烏瑪索換下制服，故意磨蹭了一會兒，等歐普先回家才鎖上值班室，穿過馬路，潛入那棟公寓。衝上階梯，毫不猶豫地沿著三樓走廊朝邊角那間房前進。走到底，最邊間就是瑪儂住的地方。房門上了鎖，門牌是三一二號，門縫裡夾著一些郵件和紙張。烏瑪索一一檢視那些東西，確定她的名字叫雷班娜·雅涅雷德[1]。雷班娜，真美的名字。烏瑪索心想。

星期六放假，烏瑪索去了她住院的醫院探視。這個鎮上有救護車進出的醫院只有一間，不費吹灰之力就找到她了。烏瑪索前往外科病房護士站，一問雷班娜．雅涅雷德在不在，護理師立刻告訴他，在二〇六號房。二〇六號房的門開著，但那是個六人房，病床旁的簾子都拉上了。床邊掛有病患名牌，烏瑪索在最靠裡面的病床邊找到雷班娜的名字。只要拉開簾子，雷班娜就在那裡。烏瑪索躊躇了。該如何是好呢，就算見了面，又該說什麼才好？

妳好，幸會，我叫烏瑪索．以雅薩德，在妳公寓對面的製藥公司工作，妳的傷勢還好嗎？

你誰啊？

我嗎？剛才不是說了……我是警衛……那天……看到妳車禍受傷，一直很擔心。

所以說你到底是誰？

不，我剛才說過，我的名字是烏瑪索．以雅薩德……在妳公寓對面的製藥公司當警衛，

1 雷班娜與雅涅雷德讀音倒過來近似知名賽馬「Anabaa」與「Dear Ena」，皆為母馬。

那天看見妳被車撞了，一直很擔心……

雷班娜一定會用疑惑的表情打量烏瑪索。烏瑪索則後悔自己太隨便，早知道就不該這麼做。看到陌生男人來探病，還擺出一副熟稔的樣子，說什麼一直很擔心，任誰都會問「你這傢伙到底是誰？」可以想見結果絕對是這樣。這麼一來就什麼發展都別想了。最後，烏瑪索終究放棄和她見面，從醫院離開。然而，又不想就這麼回家，在街上遊蕩了一會兒，不知不覺，雙腿兀自朝製藥公司的方向走去。換句話說，也是朝她家的方向走去。

週末放假，製藥公司大門深鎖，值班室空無一人。但烏瑪索還是在附近晃了一下，確定真的沒人才過馬路，闖進雷班娜住的公寓。踩著輕快的腳步，假裝只是來拜訪朋友。不過，心跳快得發痛。穿過公寓入口，烏瑪索直奔雷班娜的房間。房門鎖著，但是烏瑪索已經發現鑰匙在哪裡了。她把備用鑰匙藏在門上的名牌後面，烏瑪索就用這把鑰匙侵入雷班娜的房間。

房裡擺滿雷班娜少女時期的照片。聚光燈下，跳著芭蕾舞的首席舞者雷班娜。懷中抱滿花束微笑的雷班娜。哭泣的雷班娜。烏瑪索陷入一股難以言喻的哀傷情緒，擅自躺在她床上，嗅聞她的氣味。陰莖不安分了起來，伸手去摸弄，微微膨脹了一些。不過，還是很小。摸著摸著感覺很舒服，烏瑪索繼續撥弄了一會兒，漸漸打起盹來，就這麼睡去。好像聽見誰的聲音，烏瑪索醒了。那好像是女人的聲音，心頭一驚，從床上跳起來，房間裡依然很安靜。是做夢嗎？窗外的天空染成一片橘紅，差不多得回家了。忽然瞥見角落有個紅燈閃爍，是電話答錄機的燈號。按下按鈕，傳出女人的聲音，這就是剛才聽見的聲音嗎？

……我是伊加索里夫芭蕾俱樂部的奧爾多，打過幾次電話來，妳好像都不在，請容我以留言傳達。前幾天舞者甄選的結果，妳及格了。也就是說，你必須辦理入學手續，請在今天內到協會辦公室辦理。請注意，若今天內沒接到妳的聯絡，及格將視同無效。以上是長話短說的報告，請見諒。

烏瑪索心想，我能為雷班娜做什麼。如果問她，我能為妳做什麼？她肯定會這麼回答：總之，請先離開我的房間。沒錯。就這麼做吧。再見了，雷班娜。烏瑪索離開房間，但總覺得不想就此放棄。我真的什麼都無法為她做嗎？想了一個晚上，最後烏瑪索做出決定。隔天一早，他打了電話到伊加索里夫芭蕾俱樂部，找那位叫奧爾多的女性。

我女朋友拜託我……打這通電話……是關於舞者甄選的事，她叫雷班娜·雅涅雷德。她出了車禍，住進醫院……那個……所以才無法跟你們聯絡。

哎呀，是這樣啊。真可憐。

然後，雖然已經過了報名期限，能不能通融一下呢？

這很難喔，人數已經額滿了。不過，我會去跟指導老師們報告這件事。

謝謝您。

她多久能復原回來跳舞？

咦？……這我就不清楚了。

傷勢有多嚴重？

奧爾多這麼一問，烏瑪索才想到，對啊，傷勢到底多嚴重。姑且只能先這樣告訴奧爾多：

不算太嚴重。

這樣啊，謝謝你特地打電話來，請幫我問候她。

好的，謝謝您。

明知是多管閒事，還是希望能幫上雷班娜的忙。烏瑪索去花店買花，再度前往醫院。

把花託給護理師，順便問了雷班娜的狀況。護理師說，雖不用坐輪椅，但拐杖是免不了了。

芭蕾是不可能再跳的。

護理師大概聽雷班娜說過吧，關於芭蕾的事。這下，她的夢想是真正破滅了。

再次見到雷班娜是三個月後，她拄著拐杖走路，怎麼看都不可能再回去跳芭蕾舞。

又過了一個月，拐杖拿掉了，走路還是一跛一跛。烏瑪索每天看著雷班娜顫顫巍巍走路，差點踩上長裙跌倒的模樣。他繼續監視她，知道雷班娜除了一天外出購物一次外，幾乎閉門不出。她哪來的生活費呢，是找到了可以在家做的工作嗎？還是過著坐吃山空的日子？烏瑪索由衷地擔心她。心想，乾脆找上門去，向她求婚吧。對她說，我們結婚吧。不、這是不可能的。擁有這種陰莖的自己，怎麼可能結婚。衝動之下，烏瑪索往她信箱裡偷放了一點錢。明知自己哪點私房錢根本派不上太大用場，如果能讓她過得幸福一點也好。事實上，那點錢大概也真派不上什麼用場，過了不久，白天開始有不同男人進出她家。進她家門的男人，大概都待兩小時左右就離開了，離開時帶著一臉舒爽的表情。偶爾也有帶著心虛愧疚表情離開的。

某天，結束工作的回家路上，烏瑪索遇到坐在路旁啃三明治的雷班娜。一群貓聚集在她身邊，雷班娜把三明治的麵包屑撒給貓咪吃。烏瑪索從旁走過時，兩人瞬間四目交接。

雷班娜對烏瑪索微笑，打算站起來。烏瑪索別開視線，正想當場走開時，雷班娜抓住他的手。

你是警衛先生吧？製藥公司的。

烏瑪索的心臟差點停止跳動。做夢也沒想到她記住了自己的臉。手顫抖起來，也知道自己的臉愈來愈紅。

我問你，現在有空嗎？

呃、不，我有點急事。

烏瑪索反抓住雷班娜的手，想把她攫住自己手臂的手撥開。她的指尖冰冷，教人心痛。雷班娜說，你等一等，從口袋裡取出紙筆，寫了什麼之後，再把那張紙塞進烏瑪索手中。烏瑪索什麼也沒說，當場匆匆離開，一直走到轉彎處，看不見雷班娜身影的地方，才把紙條攤開來看。上面寫著雷班娜的電話號碼，她大概都用這種方式在路邊拉客，把自己的電話號碼塞給路過的男人吧。烏瑪索用顫抖的手指將紙條對摺再對摺，收進口袋。

回到家，伊魯戈正在準備晚餐。

工作怎麼樣？腳抽筋了吧？

嗯。

去洗個澡，按摩一下。

嗯。

吃過飯，沖完澡回到自己房間後，烏瑪索坐在床上揉腳。揉了一會兒，看到掛在椅背上的褲子邋遢地垂在那兒，便站起身，一邊嘆氣一邊拿起褲子重新摺好，再把褲袋裡的錢包和鑰匙放在書桌上。目光留意到夾雜其中的一張紙，烏瑪索把它攤開。這一連串動作的演技實在太不自然，只為假裝自己無意間發現這張紙。人有時連自己都會欺騙，因為要是不這麼做，就會難為情得無法自處。就這樣，烏瑪索打開那張假裝不小心拿起來的，雷班娜給的紙條。

這是什麼？是電話號碼嗎？

烏瑪索喃喃嘟囔著做作的台詞，試著打電話。對方接電話的速度比自己預料得快，連心理準備都來不及做。

喂？

…………

喂？我是雷班娜，謝謝您的來電。喂……？

烏瑪索掛掉電話，讓一切就這樣結束吧。烏瑪索心想。不可能繼續了。烏瑪索試著把至今對雷班娜的心情和作為，視為自己對勇氣的測試。就像測試敢把手朝毒蛇伸得多近一樣。毒蛇關在柵欄裡，保證安全。要是沒有這層保證，誰會想朝毒蛇伸出手呢。正因彼此保持絕對不會交會的關係，自己才敢對她產生興趣，才敢接近她。卑鄙的烏瑪索用顫抖的手重新摺好紙條，收進書桌抽屜，連丟掉它的勇氣都沒有。

很快地，一年過去了。烏瑪索已經適應警衛工作，養成站上好幾小時什麼也不想的體質。就在此時，總部下令調動值勤地點。烏瑪索改被派駐阿瑪希姆市長洛李姆·史邁留官邸前，這對烏瑪索來說，是意想不到的升遷。

在製藥公司上班的最後一天，歐普對烏瑪索說，來我家吧。雖然拿不出什麼好料，叫我女兒做些菜招待你。歐普家在距離製藥公司走路二十分鐘的老街區。出來迎接的女兒坐在輪椅上，雙手戴著橡膠手套。歐普沒正式對烏瑪索介紹她，散發一股「別問太多」的氛圍，烏瑪索也不敢刻意提問。女孩外表看來像個小學生，家事卻做得很好，是個乖女兒。

你能喝酒嗎？

不，不能喝。

喝一點有什麼關係，來，喝一點看看吧。

歐普說，替烏瑪索斟酒。烏瑪索很快就醉了，醒來時，發現自己睡在沙發上。環顧四周，只剩歐普的女兒一個人在整理餐桌。

咦？妳爸爸呢？

已經睡了。

哎呀，那我得回家才行。

留下來過夜吧？今天這麼晚了，明天也沒什麼事吧？

烏瑪索踉蹌起身，和女孩一起把盤子端到流理台。女孩雙手仍戴著橡膠手套。即使是洗盤子時，橡膠手套的手指部分看起來依然動也不動。原本以為她的手指不會動，想想可能根本沒有手指。

妳叫什麼名字？

我？……艾莉亞姆。

這樣啊，我叫烏瑪索，請多指教。

你別幫忙了，要喝點什麼嗎？水好不好？

謝謝，那就給我一杯水吧。

那水好喝得驚人，烏瑪索驚訝得說不出話。

我從來沒喝過這麼好喝的水。

是井水喔，很好喝對吧。

是喔，不用擔心輻射污染嗎？

這附近的地下水幾乎沒有被污染，不過，還是要小心為上就是了。

艾莉亞姆指向一個大水桶。

打上來的井水，都放在這個桶裡過濾。光是過濾就要花上三天喔。

是妳爸爸發明的嗎？

對啊，因為我身體有障礙，他對這種事很敏感。

……這樣啊。

遇見身體有障礙的孩子是很稀奇的事，因為這樣的孩子幾乎都在醫院裡生活。人數有多少，政府不願公佈。

艾莉亞姆帶烏瑪索去寢室。醉醺醺的烏瑪索躺在床上呈大字形，隨即大聲打呼睡著了。醒來時天是亮的，看看時鐘，別說早上，就快接近正午。左顧右盼，這顯然是年輕女孩的房間。看來艾莉亞姆把自己的房間借他用了。打開房門，艾莉亞姆正在客廳裡摺衣服。

早安。

哎呀，早安，睡得好嗎？

嗯，這是妳的房間？

不，那是我姊姊的房間。

姊姊？這樣啊。那妳姊姊在哪呢？

死了，癌症。

這樣啊……妳爸爸人呢？

參加遊行。因為今天是星期天。

他去參加遊行了啊。

為了我。只要是為了我，他什麼都願意做。

真是個好爸爸。

倒也不是，他太多管閒事了。反正世界不會有任何改變，他有時看我的眼光還充滿憐憫，我覺得很受不了。

遠方傳來示威遊行的聲音，歐普一定也在裡面跟著吶喊吧。

要喝水嗎？

好，麻煩了。

艾莉亞姆倒的水，比昨晚更好喝。因為烏瑪索稱讚個不停，艾莉亞姆裝了好幾瓶水，讓烏瑪索帶回家。

看到遞出水瓶的戴橡膠手套的手，他感到心痛。

第六章
市長的女兒

對於烏瑪索的升遷，表現最開心的是外婆伊魯戈。話雖如此，其實也沒有其他人了。到職第一天，為了拍下站在市長官邸前的烏瑪索，伊魯戈還帶著相機跑來。

別這樣，妳回家啦。

有什麼關係，只是拍張照片。能不能請人幫我們拍照啊。

伊魯戈珍惜地按下老舊相機的快門。現在市面上的相機，全都是二十世紀遺留下來的東西。有段時間大家都用數位相機，這種用底片拍攝的相機差點變成古董，然而，風靡一時的數位文化其實不堪一擊。當納帕吉陷入經濟危機，國產數位製品全部毀壞消失，海外製品又太昂貴，沒人買得起，能買到中古的傳統底片相機就很幸運了。伊魯戈的相機是七〇年代的日本製品，因為少有機會拍照，裡面的底片裝了好幾年，這天拍了幾張還有剩。

沒拍完就不能拿去沖洗，因此難得拍了照片卻看不到，實在是很不方便的相機。

此時，一輛大紅色高級轎車從官邸內開了出來。是市長千金的車。烏瑪索重新戴正帽子，按下開門鈕，看也不看伊魯戈一眼，揮手趕她離開。

車窗打開，金髮千金探出頭來。烏瑪索畢恭畢敬行禮，伊魯戈跑向轎車，厚著臉皮拜託千金。

這位小姐，能請妳幫我們按個快門嗎？

喂！

烏瑪索忍不住伸手去揪伊魯戈的領子。

哎呀，好哇。

千金露出親切的微笑，姿態優雅地下車。外婆將相機交給她，興沖沖地站到烏瑪索身邊。

您來觀光嗎？從哪裡來的？千金說，按下快門。

不是的，是來看我外孫出人頭地。啊，再一張！

外孫？

就是這孩子。

外婆拍拍烏瑪索的背。

喔，是這位新人啊？

雖然是個笨孩子，還請多多關照。

外婆深深鞠躬行禮，不巧千金這時正好按下快門。

哎呀，不好意思！再拍一張好不好？千金又按了一次快門。

烏瑪索從千金手中接過相機，塞給外婆，然後揪起她的耳朵。

夠了吧！別來打擾我工作！快回去！

那氣沖沖的樣子連伊魯戈也擋不住。她將相機收進包裡準備回家，朝千金點頭致意。

雖然是個不知感恩的外孫，還請您多多照顧了。

別這麼說，我才要請他多關照。

市長千金笑著回禮。多美的女孩啊，不愧是上流階級的千金小姐，烏瑪索嘆了一口氣。

金髮千金親自駕駛著那輛大紅色的高級轎車，橫衝直撞地開出官邸大門，看來還不太習慣開車。目送汽車離開後，烏瑪索關上大門。

真是一位出色的千金小姐啊。伊魯戈嘆氣說，不愧是種馬暴發戶的女兒。

據說史邁留市長過去曾以天文數字的價錢賣出精子。每賣出一安瓶的精子，就能蓋一棟房子。推舉他當市長的後援會員中，聽說也有向他買精子的有錢人。

在這樣的種馬市長官邸前，僱用了四名警衛。

四人輪值早班、晚班和大夜班。結束早班後，下一次值勤是隔天晚班，再下一次是再隔天的大夜班。在製藥公司工作時週末兩天休假，在這裡週末和放假無關。不過，因為四人輪流值三班，兩次值勤之間可以休息整整一天，也就是值班八小時休二十四小時的班表。說起來，算是很輕鬆的工作啦，前輩警衛如此說明。

從製藥公司大門換到市長官邸前。烏瑪索還感受不到其中的差異。這究竟稱得上是高升或出人頭地嗎？站在警衛的立場，只不過是換了個地方站，站著不動這件事依然不變。話是這麼說，只要一想到自己守衛的對象是史邁留市長，還是會湧現一股說不出的歡喜，不由得笑了。或許是因為想到那位美麗的千金才笑也說不定。

第一天上工沒什麼事，平安下班回到家，伊魯戈準備了大餐等待。

慶祝你高升，烏瑪索。

吃了一口桌上的餐點，烏瑪索說：

有什麼好值得慶祝，薪水也沒增加。

不要說這種話，烏瑪索。你守護的是大人物呢，這可不簡單。

伊魯戈雙手捧著餐具，瞇起眼睛。

你媽在天國一定很高興。

隔天，照例開那輛大紅汽車回家的千金再次跟烏瑪索搭話。

你外婆好嗎？

咦？喔，是的，她很好。

烏瑪索困惑地敬禮。看來，拜任性妄為的外婆所賜，金髮千金記住自己了。烏瑪索一邊想著這還真諷刺，一邊暗自感謝外婆。

第一次見到那位種馬暴發戶市長，是又過了兩個禮拜之後的事。市長搭乘一輛黑色加長型禮車現身。不知道剛去哪座島享受高爾夫球回來，只見他曬得全身黝黑，一張油亮的臉，一看就是稱霸夜晚的男人。只要擁有優良精子就能獲得一切，那是自己一輩子也無法實現的夢想。烏瑪索忿忿不平地想，我只是為種馬家看守庭院的狗，這就是我的人生。這麼一想，不由得惆悵起來。但是，這段時期一定是烏瑪索人生中最幸福的時期了。要是能就這樣一輩子當看守種馬家庭院的狗有多好。

那天，烏瑪索一如往常站在大門前，忽然有人從後面戳了他的背。回頭一看，千金小姐就站在圍牆後面。她嘻嘻笑著，拈起裝在玻璃器皿裡的草莓放入口中。

你要不要吃？

烏瑪索窮於應答。

不行嗎？因為還在值勤？

……是。

真老實。那我命令你吃，吃吧，這是命令。

烏瑪索只能裝作沒看見。這麼一來，千金小姐似乎覺得很有趣，更進一步捉弄他。

手伸出來。嗳、快點，把你的手伸出來，這是命令。

千金從門上的欄杆裡伸出手招了招，烏瑪索戒慎恐懼地朝她伸出手，千金把草莓放在他手掌上。

烏瑪索立刻把草莓丟進嘴裡。

好吃嗎？

烏瑪索一邊咀嚼一邊點頭。

再吃一個吧。

不、已經……

這是命令。

不得已只好再伸出手，千金這次放了兩顆草莓，烏瑪索全部丟進嘴裡。

你叫什麼名字？

烏瑪索。烏瑪索・以雅薩德。

我叫伊瑟涅特。

我知道。伊瑟涅特・史邁留小姐。

哎呀，你真清楚。

因為這是工作。

什麼嘛，真無趣。來，再吃一個。

這次她在手上放了三顆草莓。烏瑪索又迅速丟進嘴裡，為了儘快咀嚼就要滿出來的草莓，下巴激烈起伏。從身後看到他那滑稽的模樣，伊瑟涅特小姐忍不住笑得蹲在地上。

哈哈哈！我說你啊，幹嘛不吃慢一點？

烏瑪索用袖子擦拭嘴邊流淌的果汁。

好，烏瑪索，再吃一個。

不、已經……

這是命令。

伊瑟涅特硬是把草莓塞進烏瑪索口中，逼得烏瑪索不住嗆咳，最後甚至像噴泉一樣，吐出嘴裡的東西。

哈哈哈哈哈哈！

伊瑟涅特笑得在地上打滾，好一會兒站不起來。烏瑪索也趴在地上，不過他是為了拚命扒起吐出來的草莓，用手帕包起來，再像蓋印章一樣，用包起來的手帕將噴濺在地的果汁擦乾淨。伊瑟涅特還是笑個不停，才想站起來，又失去平衡倒在欄杆上，鐵柵欄發出驚人的聲響，嚇得烏瑪索心驚肉跳。烏瑪索的反應似乎讓她覺得很好笑，伊瑟涅特一直笑，笑到再也發不出聲音。儘管烏瑪索不知所措，但看到自己的舉止能將小姐逗得這麼開心，倒也有些自豪。她說再吃一個，又說這是最後一個了，烏瑪索便半開玩笑地迅速伸出手掌。手心傳來與草莓不同的觸感……再次快速收手，烏瑪索才發現握在手裡的是一束鈔票。金額還不小。

……這是？

有事拜託你囉。

在他背後傳來的千金小姐的聲音已不帶笑意。

原來千金小姐有個祕密交往的男友，是她就讀的美術大學講師。如果是同學也就罷了，對象既然是大學教師，父母不可能有好臉色。

要是被發現就糟了。爸爸可能會把他們全家人都趕出伊羅摩亞州。

伊瑟涅特這麼說，並問烏瑪索可否在男友來時放他進門。這就是她想「拜託」的事。不可能。要是事情曝光，小姐或許只會被爸爸打幾下屁股，烏瑪索卻會因失職而被呈報總部，即刻解僱。然而，小姐要烏瑪索明天就履行兩人的祕密約定。

噯、你說好不好？

請問，妳為什麼甘冒這種風險也要……烏瑪索小心翼翼地詢問。

也要和他交往嗎？伊瑟涅特說。也是啦，就你看來這種事或許很傻，但是，只因為是市長的女兒就不能自由談戀愛，那我不如死了算。我畢竟也是個女人啊。

不，我不是這個意思。

那是什麼？

為什麼甘冒這種風險……也要特地選在這裡見面？

這個嘛……嗯，該怎麼說呢……猶豫了一會兒，小姐回答：

就是刺激嘛。好玩。

只為妳的好玩就要拖我下水嗎！儘管烏瑪索如此在內心怒吼，最後仍無法拒絕。只能將那相當於自己兩個月薪水的賄賂收進口袋，默默對千金小姐敬禮。

隔天，烏瑪索值大夜班時，一名騎古董哈雷機車的男人來了。照伊瑟涅特的說法，他應該是美術大學的老師。但是，這種等級的機車，不夠富有的人可騎不起。不只機車本身價格昂貴，能光明正大騎這種改裝過的違法機車四處兜風的，不是政治家的兒子就是種馬暴發戶的小孩。

那個身穿黑色女裝皮衣外套的男人，將機車停在行道樹旁，朝這邊走來，身上披掛的貴金屬類飾品發出哐哐啷啷的聲音。來就來，為什麼要這麼高調呢，烏瑪索都快哭了。

男人站在烏瑪索面前，衝著他微笑。烏瑪索敬個禮，默默把門打開。男人咧嘴一笑說：

跟市長女兒交往也挺不簡單呢。

男人拍拍烏瑪索的肩膀，用誇張的動作潛入大宅。拜託你，正常一點走進去好不好！烏瑪索內心如此吶喊。進入大宅內的男人從口袋裡掏出官邸平面圖，一邊對照四周景物，一邊朝烏瑪索揮揮手，轉眼消失在庭院草叢中。隨後，草叢中傳出貴金屬飾品碰撞發出的哐啷聲。

我可是賭上性命幫你們的吔！

烏瑪索內心湧現難以言說的憤怒，氣得肩膀發抖。

過了兩小時，加長型禮車開到大門前停下。車窗搖開，司機高傲地努了努下巴。示意警衛開門。這男人是市長專屬司機，即使看不到禮車內的情形，烏瑪索也知道裡頭坐的應該是市長。

烏瑪索敬禮，開門。加長型禮車開入大宅內，烏瑪索拿出手機，撥給市長千金。

啊……是，我是烏瑪索。市長現在剛回到家。

沒多久，男人壓低身形從草叢中衝出來。趁烏瑪索把門打開一條縫時，男人立刻鑽過去，一股作氣奔向停在行道樹旁的機車。跨上機車，發動引擎，卻不知為何驅車朝烏瑪索飆來。正當烏瑪索嚇得要死的瞬間，男人在他眼前迴轉，行以一禮。風吹起黑色外套，露出底下全裸的身體。男人急忙用外套蓋住身前。

那巨大下垂的男性象徵烙印在烏瑪索眼底，久久不曾消失。男人一定是種馬暴發戶的兒子吧，父子倆身上都掛著了不起的東西啊。只要身上掛著那種東西，就能躋身富翁之列，還能搞上市長的女兒，多令人羨慕的際遇。這世界的不公平，令烏瑪索鬱悶不已。

早上八點交班後，烏瑪索踏上歸途，身後忽然傳來按喇叭的聲音。回頭一看，伊瑟涅特正從那輛大紅轎車裡對他招手。

昨天謝啦。

不會。

下次再麻煩你囉。

好……

噯、把帽子拿下來。

咦？

帽子。

烏瑪索脫下帽子。

喔，長得還不錯嘛。

伊瑟涅特離去後，烏瑪索仍沉浸在這句話的餘韻中。說自己「長得還不錯」時的嘴唇與她的聲音，還有臨去之際飄散的香水味。光是想著這些，兩、三個小時轉眼就過了。

這件事之後，兩人之間產生共犯般不可思議的連帶關係。伊瑟涅特把烏瑪索當成愛犬對待，一有空就出現在圍牆邊，對正在值勤的烏瑪索訴說自己的戀情，或是學校裡朋友的事。她就只是閒聊，聊完就走。

拜此之賜，烏瑪索對伊瑟涅特這位市長千金的身家背景，恐怕比在野黨間諜知道得還詳細。和上次那個種馬暴發戶的兒子戀情沒有持續多久，因為她是那種情感來得快去得也快的典型。後來她又和以陶藝家為目標的學長及從奧優克特來當臨時講師的知名現代雕刻家交往，每次都以分手告終。她總說自己失戀了，烏瑪索心想，玩膩了就把對方甩掉，這種事真的能稱作失戀嗎?

這樣的伊瑟涅特終於遇上命中注定的對象。

光是看那人一眼，身上就像有電流竄過。

讓她這麼形容的人是個籃球選手。

身高有一百九十五公分，頭髮又很短，看不出是女人。

這次竟然是女人！烏瑪索震驚不已。那一百九十五公分的女人，來伊瑟涅特就讀的美術大學畫室當全裸模特兒。伊瑟涅特說自己對她的肉體毫無抵抗之力。不過，就算是伊瑟涅特也難以開口向她告白。這樣的結果反而火上加油，伊瑟涅特鎮日過著情慾無法宣洩的苦悶生活，只能一邊對烏瑪索訴說衷情，一邊難過得嗚咽哭泣。她日漸憔悴，眼窩都凹陷了，身體一天比一天衰弱。失去戀情目標的伊瑟涅特心態開始扭曲，熊熊燃燒的負面情感冒出由愛生恨的火光。

要是沒有她，我就不用這麼苦惱了。乾脆刺殺那傢伙好了！

隔著圍牆，烏瑪索像個諮商師般給了建議。

小姐，妳好像習慣追求不可能開花結果的困難戀情，一定是因為現在生活過得太無聊。

是啊，或許是這樣。

不過，繼續這樣下去，會愈來愈麻木喔。

……我覺得自己已經很麻木了。

為了讓她開心一點，烏瑪索邀伊瑟涅特去看鬥雞。鬥雞是這一帶的傳統賭博，但千金小姐的她卻連聽都沒聽過。

烏瑪索說，去看那種血腥場面，讓情緒激動，再吃點辛辣的亞洲菜，喝點酒後睡覺吧。心情低落時大多這樣就能治癒。

這是從以前製藥公司同事歐普那裡學來的方法。烏瑪索的酒量不好，也不特別愛吃辛辣的亞洲菜，觀看鬥雞更是讓他不舒服到了極點。然而，除此之外，烏瑪索想不出其他能介紹給千金小姐的方法了。既然如此，不如用這震撼教育一決勝負。做起這件事來，烏瑪索相當起勁。

鬥雞場在亞洲人街上，光是那地方的骯髒模樣，就能令千金小姐大受文化衝擊。

好誇張喔，我下次想來這裡寫生。

千金小姐逞強地說，卻下意識地緊繃身體，肩膀聳起，像要遮擋什麼似的雙手在胸前交叉，對任何東西都顯得警戒，一副不小心碰到會被傳染疾病似的，邊閃躲路上行人，邊踮起腳尖走在濕黏的地面上。

走在巷子裡都這樣了，最重要的鬥雞場對她而言更是刺激過頭。伊瑟涅特光是站在散發汗臭的勞動階級鬧哄哄的場內，都得用盡全身力氣。空氣中雞毛飛揚，不小心吸進氣管引發一陣嗆咳。很快地，眼看伊瑟涅特臉上失去血色，吸入的空氣大概有一半都送不進肺部。

這裡空氣好糟，我不能呼吸了！

是嗎？比輻射安全多了啊。

你說得也沒錯啦。

等一下會上來兩隻雞，選妳喜歡的那隻下注就好。

主持人上場，手拿麥克風大聲宣布：

各位，接下來是排名第五與第八的雞隻對戰！

鬥雞師各自於兩邊就定位，朝觀眾席高舉兇猛的鬥雞。主持人為牠們唱名。

藍隊是金色小子！紅隊是小老鷹！

觀眾發出歡呼，一齊舉起手中的賭牌。伊瑟涅特摀住耳朵，試圖隔絕喧囂。

妳要選哪隻？

有紅色尾巴那隻。

小老鷹是嗎？

對戰在激烈叫喚聲中展開，伊瑟涅特卻無法觀戰到最後一刻。比賽進行到一半時，不知道是從籠子裡逃出來，還是一開始就被丟在那兒，一隻白色的雞從她腳邊穿過。起初，伊瑟涅特以為那是兩隻雞，但身體只有一個。

那是一隻雙頭雞。

不，兩個頭下方，還有一個更小的頭……

伊瑟涅特昏倒了。

清醒時，伊瑟涅特發現自己躺在陌生的房間。讓她躺在床上、探頭過來察看的是烏瑪索。

這是哪裡？

妳說這裡嗎？

烏瑪索環顧四周，支吾其詞地說：

某個人的家。

家？

幾個亞洲人把昏倒的伊瑟涅特搬到這間房間來，這裡應該是那幾個亞洲人中誰的家吧。烏瑪索知道的也就只是這樣。亞洲人將他們留下，全部回鬥雞場去了。

伊瑟涅特恍惚地抬頭望向窗外，看來還不十分清醒。

妳記得自己昏倒的事嗎？

昏倒？

記得鬥雞的事嗎？

鬥雞？

不記得了嗎？

鬥雞……啊，我想起來了。我們去看鬥雞，人超多。對了，那裡空氣很差，所以我才昏倒了吧？

伊瑟涅特試圖回想，環顧四周時，眼睛逐漸瞪大。烏瑪索跟隨她的視線望去，看到的卻只是一片白色牆壁。再回頭一看，翻著白眼的伊瑟涅特又昏過去了。

小姐！

烏瑪索搖晃伊瑟涅特的肩膀。她立刻恢復意識，不過這次，她全都想起來了。

那是什麼？有好幾個頭！

妳是說畸形雞嗎？這附近多得是啊。

又不是避難區域，為什麼會有？

是避難區域呀。

咦？這裡是避難區域嗎？

那些人只能住在避難區域。

你也是嗎？

我住的不是避難區域，是管制區域。

避難區域看起來那麼冷清，我還以為沒住人呢。

以前確實是那樣。

輻射不要緊嗎？

輻射怎麼可能不要緊，只是沒其他地方可住了。

我們回去吧。

伊瑟涅特從床上起身。繼續待在這種地方，身體只會愈來愈不舒服。

再躺一下比較好。

沒關係，我沒事了。

不過，多睡一下精神會比較好吧？

或許吧。

走出那個陌生人家，兩人攔了一輛計程車，從避難區域逃回管制區域。阿瑪希姆距離阿爾米亞古都雖有兩百公里遠，其間到處都有被稱為「熱點」的高濃度污染地帶。這些地帶根據濃度的不同，分別制定出避難區域和管制區域。避難區域當然是人不能居住的地方，原本住在上面的所有人皆拋棄原有生活離去，成為一塊死去的土地。後來窮人來到這裡住了下來，形成貧民窟。這些人不在乎暴露在輻射下，因為他們光是要活過今天這一天都不容易。

從管制區域再往更外圍走，途中經過一間印第安餐廳。

肚子餓了！伊瑟涅特說，兩人便下了計程車，走進餐廳。

伊瑟涅特的食慾令烏瑪特瞠目結舌。只見她掃光一盤又一盤被辣椒染紅的異國料理，還喝光一整罈蒸餾烈酒。烏瑪索結完帳走出來時，喝醉的伊瑟涅特倒在地上。烏瑪索為她撫平掀到肚臍上的裙子，一邊說妳在做什麼，趕快起來，一邊把手放在她肩膀上。伊瑟涅特忽然抱住他。

我不想回去。

這句話像對烏瑪索施了魔法。或許自己也有點醉了吧。要是沒有一點醉意，大概無法產生這種不敬的心情。事情要是曝光，肯定會被炒魷魚。不，搞不好會被暗殺。儘管理智明白，因酒精而麻痺的大腦終究誘惑烏瑪索朝不應該前進的方向前進。至於伊瑟涅特就更失去理智了，她刻意找尋看起來可疑的便宜旅館，要烏瑪索一起進去。就像缺乏經驗的觀光客經常興奮過頭地投入不必要的冒險，伊瑟涅特也可能陷入同樣的心理狀態。旅館名叫「上海大飯店」，空有大飯店之名，其實只是來歷不明的便宜旅店。

昏暗的階梯，髒兮兮的牆壁。歪七扭八的房門甚至無法緊閉上鎖。房間裡的牆壁上，到處有小蟑螂爬來爬去。

伊瑟涅特躺上滿是漬痕的床單。對她而言，來這種骯髒便宜的小旅館大概屬於冒險的一種，和不同階級的人上床，肯定更是一場非同小可的冒險，而這使她更興奮了。至今愛上或交往的對象，都有某些如勳章般吸引她的特質。比方說，大學教授候選人的地位、卓越的才華、聽得令人暈頭轉向的哲學或世界觀、媲美種馬的大陰莖……等等。就算是那個女性籃球員，也是因為擁有與男人相比毫不遜色的性格及肉體，才能擄獲她的芳心。

然而，伊瑟涅特今晚的對象是個毫無可取之處的警衛。就是個普通男人而已。硬要說的話，是個對她言聽計從的男人。這簡直就是奴隸。多麼窩囊的男人啊。這麼一想，伊瑟涅特的慾望更加熊熊燃燒。

你是我的奴隸，我說什麼都得聽。

烏瑪索把持不住了。眼前的小姐徹底發情，已經脫下自己的上衣，正打算解開胸罩。

上我吧！

在這骯髒的房間上伊瑟涅特。這個念頭令烏瑪索興奮難遏。上她……問題來了，怎麼做？烏瑪索根本沒有上得了誰的武器。遲來的現實令他回神。

是啊，我是個撒尿小童。

伊瑟涅特像個鐘擺，一邊搖晃酩酊大醉的身子，一邊將身上衣物一一脫除。等自己脫得精光了，就開始動手要脫烏瑪索的衣服。

對不起……烏瑪索說著，從伊瑟涅特身邊離開。

怎麼了？

……不、等等。

為什麼？

因為……妳是市長千金。

那種事無所謂。

伊瑟涅特把手放在烏瑪索背上。

烏瑪索……嗳，烏瑪索。

烏瑪索一回頭，正好吻上伊瑟涅特的嘴唇。

吻我。只是接吻應該可以吧？

不置可否點頭，烏瑪索與伊瑟涅特接吻。伊瑟涅特扭動的舌頭伸進烏瑪索口中，手再次朝他下半身展開攻擊。

小姐，妳只是喝醉了。到了明天，一定會後悔自己做出這種蠢事，然後叫妳爸爸開除我。

我才不會做那種事。只因為我是市長的女兒，你就把我想成那種不可理喻的任性女人了吧。

沒這回事。

要是你那樣想，就是非常嚴重的偏見。我才不是那種女人。

我沒有那樣想。

既然如此，做有什麼關係？

還有一個問題……我……我是處男。

哎呀。

……所以……那個……

怎麼？你在意這種事嗎？

伊瑟涅特的手再度伸向烏瑪索下體，像是在說，我來讓你成為男人吧。

不不、不可以。是宗教意義上的不可以。我信仰的宗教禁止婚前性行為。

烏瑪索隨口扯謊。

什麼宗教？

異端教。

怎樣的異端？

這個我不能說。因為是祕密結社。

烏瑪索漸漸自暴自棄起來，連自己都不知道自己是誰了。

不能做愛嗎？

沒特別信什麼教啊。雖然上的是基督新教的教會幼稚園。

不能的。宗教什麼都禁止。小姐妳呢？信什麼教？

基督教應該也禁止吧？學校沒教過嗎？

教什麼？不能做愛嗎？沒有啊，畢竟是幼稚園。

說得也是。

兩人像被點到笑穴。伊瑟涅特笑得過了頭，把性衝動也笑掉了。兩人躺在髒髒的床單上彼此愛撫了一會兒，千金小姐便沉沉睡去。

危機姑且解除。對烏瑪索而言，這是幸運的事。朝眼前美麗的裸體望去，乳房下緣及腹部分別有道線條，看起來就像模型人偶身上的拼裝縫。那是臟器移植手術的痕跡。痕跡很淡，在某些光線角度下甚至看不見。既然是市長的女兒，接受的必然是最高等級的手術。上流人士能用金錢擺平一切，臟器移植手術也是要做幾次就能做幾次。對她們來說，臟器移植就跟整容差不多，是一種流行。根據以年輕女性為對象族群的雜誌調查，在所有臟器移植動機中，排名第一的是「為了維持美麗的肌膚」。相較之下，像烏瑪索這種貧困階級，就連買移植用豬的器官都是夢想中的夢想。這世界並不公平，只有富人才能活得久，據說無法接受臟器移植的貧民壽命只有他們的五成或六成。貧富差距從生下來那一刻就注定了。伊瑟涅特和烏瑪索原本就是活在兩個世界，絕對不可能扯上關係的人種。不可能談戀愛，那是禁忌的關係。或許正是這點點燃了伊瑟涅特內心的火種。這個除非自己先厭倦，否則一定執著到底的女人，從這天起，她不斷地對烏瑪索展開追求。

她最喜歡的地方竟然是市長官邸前。對烏瑪索而言，這裡是他的職場，對伊瑟涅特而言，這裡是她家。在這樣一個地方，兩人隔著圍牆激烈吸吮對方的嘴唇。

要是被人看見做這種事……

誰在乎呢。

亞洲街也成為兩人最好的祕密基地。兩人在那間名叫上海大飯店的便宜旅館中交纏一整晚。她甚至認真考慮結婚的事。和警衛結婚，父母怎麼可能答應。

到時候就私奔吧。

伊瑟涅特當真這麼說。然而，要分辨真正的愛與性慾的界線非常困難。現在的伊瑟涅特說起來只是聽從指令，忍住不吃的狗。烏瑪索以瞎編的宗教理由為藉口持續拒絕她的求歡，使她的慾求不滿幾乎來到最高點。

好想做。這樣的慾望令她陷入盲目狀態。

已經可以了吧！我不懂！

不可以。一旦做到最後就回不來了。

我已經回不去了。

既然如此，那就別再繼續了。

不要。

請妳理解，被禁止的只是做愛。除此之外要做什麼都可以。難得來了，讓我們做性交之外的所有事吧。

以此為藉口，烏瑪索嘗試了老早就想試的ＳＭ遊戲，還在伊瑟涅特身上使用性愛玩具。伊瑟涅特畢竟是個女人，只要能取悅烏瑪索的事，她就願意去做。儘管壓抑不住地高潮了幾次，難免也會心想，都做到這種地步了，又何必堅持不做愛呢。

為什麼要用那種東西？為什麼不能做愛？

伊瑟涅特搶走插入性器的電動陽具，朝地上一丟。抓住想去撿拾的烏瑪索手臂，用嚴肅的表情瞪著他。

你自己來做！不然我就死給你看。

伊瑟涅特從包包裡取出小刀，抵在自己喉嚨上。換成其他人，這種舉止看來或許只像誇張做戲，在他們兩人之間，這種程度的表現卻是理所當然。不斷反覆沒有終點的性行為，使他們不知不覺迷失方向，進入無法克制自己的次元。

請不要做這種傻事。

我快瘋了！我想死！

…………

我要去死了！我是認真的！

雖然不確定她是不是當真想死，烏瑪索也能深切體會她幾近瘋狂的心情。是時候了，烏瑪索決定豁出去。

好吧。

烏瑪索慢慢解開皮帶，脫下長褲，抓起伊瑟涅特的手，讓她隔著內褲碰觸自己的下體。伊瑟涅特放下小刀，抱住烏瑪索。

對不起，我真是個任性的女人。

說著，伊瑟涅特流下眼淚。不過，她的手倒是緊緊握住烏瑪索內褲底下的東西，怎麼也不放開。伊瑟涅特擦掉從眼睛、鼻子、嘴巴流出的眼淚和唾液，舔舔舌頭，隔著內褲激烈摩擦烏瑪索發硬的陰莖。

……好大。

不想聽到這句話。

烏瑪索制止她的手，錯開身體，把自己的手伸進內褲。啪擦一聲之後，再次抽出的手上拿著奇怪的道具。

這是什麼？

這叫馬甲，是男性象徵的模型，放在他應該長的地方，做出挺立的樣子。伊瑟涅特拚命摩擦的東西其實是這個。

伊瑟涅特再次將把手伸向烏瑪索雙腿之間。摸索著捏起來的，是像小老鼠般軟綿綿的小東西。她全身發抖。

……這什麼？

烏瑪索脫下內褲。垂在那裡的，是像小男孩一樣可愛的小小性器。完全就像小老鼠一樣又小又軟的東西。根部周圍只長了一圈若有若無的陰毛。伊瑟涅特抬頭看烏瑪索，他苦笑著流淚。

非常抱歉，一直沒告訴妳，其實我是「撒尿小童」。

撒尿……小童？

就是年齡長大，那裡也不會跟著長大的意思。

喔……

伊瑟涅特似懂非懂地點頭。

……失望與空虛。烏瑪索從千金小姐臉上看到這個。也難怪她，被吊了這麼久的胃口，最後看到的卻是這種東西，就算她要殺掉自己，烏瑪索也沒有怨言。

真的非常抱歉。還有，異端教和祕密結社的事都是我亂講的。不過處男是真的喔，哈哈，看到這個妳也該明白了吧。

空洞的笑聲在陰濕的房間內迴盪。原本茫然凝視烏瑪索小陰莖的伊瑟涅特赫然回神。她這麼說：

不，我才該向你道歉。我什麼都不懂。

總之就是這麼回事，所以我不能跟小姐妳交往。

沒這回事。

不用同情我。

這不是同情。

沒關係的，其實我真的不想講，因為講出來一切就結束了。

烏瑪索流下眼淚，都是這條陰莖的錯。這條陰莖奪走我的一切。低頭窺看雙腿之間，小老鼠般一副愧疚的樣子垂頭喪氣。伊瑟涅特雙眼也溢出淚水。

不會結束，不會結束的，烏瑪索。為什麼要結束？對我們來說，這只是第一個考驗。

不，這點小事根本稱不上考驗。不是什麼大問題，烏瑪索。

妳只是現在這麼想而已，到了明天，妳就會開始想怎麼跟我分手了。

太過分了，我才不是那麼無情的女人。我愛上的又不是你的性器官。這點小事無法構成任何障礙，在現在這個時代，這種事也很平常啊。順利發育的人才是異常呢。

可是我……真的……太小了。烏瑪索哽咽失聲。再說，妳也買得起種馬吧。

別在意這種事，烏瑪索！

謝謝妳，不過真的沒關係。

烏瑪索已斷念，就讓一切到此結束。她會對自己這麼執著，只是因為一直禁慾的關係。到了明天，肯定會拋棄他。烏瑪索這麼想，會被拋棄也是天經地義的事，不說別的，身分地位根本就不相稱。

然而，為什麼會這樣呢。伊瑟涅特的態度和以前完全沒有不同。甚至可以說她的愛似乎有增無減。不只如此，她更對烏瑪索提出破天荒的建議。

你能請兩星期假嗎？

兩星期？為什麼？要去旅行嗎？

不是，我有認識的醫生，向對方諮詢了你的事。結果他說，這種問題輕易就能治好。

什麼事？

你的事啊。你有自己的豬嗎？

豬？

複製豬。

沒有。

那，得先做一隻才行。

我哪來的錢！

錢的事不用擔心，交給我就好。總之，今天先去一趟醫院吧。得先取得你的ＤＮＡ，用那個來摻入豬的ＤＮＡ。豬一培育好就能動手術，完成這些事需要休這麼久的假。

妳該不會想把豬的陰莖移植到我身上吧？

如果真是這樣的話，簡直太亂來了。烏瑪索心想。然而，在伊瑟涅特強迫他去的醫院中，聽了主治醫師的解釋後，真的就是這個意思。

並不是要割下你的性器跟豬的交換喔，基本上，只是補強你的性器官。

醫師在白板上畫圖，對烏瑪索說明。然而，如果只看那張圖，那幾乎就是豬的陰莖了。嚴格來說，按照這個醫師的計畫，是要把烏瑪索的小陰莖增大五倍。就算還有五分之一是自己的性器官，剩下的五分之四都是豬的啊。烏瑪索猶豫了，但這一切都是為了伊瑟涅特。烏瑪索做出這輩子最大的決定，點頭答應。

那就拜託您了。

這樣啊。

醫師一副若無其事的樣子，又繼續說：

要不要順便做個健康檢查？既然要培育自己的豬，身上哪裡有問題的話，順便換掉比較好。醫師拿起病歷表一看，哎呀，你連肝臟移植都還沒做啊？

我又沒有要生小孩。烏瑪索這麼一說，醫師的語氣變得嚴肅。

烏瑪索先生，肝臟這東西啊，可不只是孕婦的問題。姑且還是檢查一下吧，現在污染這麼嚴重，換掉比較明智。除非你不想長命百歲，那才另當別論。

健康檢查的結果，肝臟、腎臟和肺的一部分都有可能罹患疾病。烏瑪索向總公司申請了一段長假，多虧伊瑟涅特背地裡關說，否則一般人這麼做，應該直接被開除了吧。

結果，烏瑪索不得不過了兩個月的住院生活。

但總不能對外婆伊魯戈坦承事實，烏瑪索只好謊稱罹癌。

他說，總覺得最近有點便祕，一檢查才發現得了直腸癌。把這件事跟市長女兒說了之後，對方表示願意幫忙出醫藥費。該怎麼辦好呢？應該接受嗎？

伊魯戈雙手合十，感恩得淚流滿面。

手術順利完成，烏瑪索的身體變成豬肉了。豬肉是反對移植團體常用的黑話，帶有急難時可以把自己內臟拿來吃的嘲諷意味。

第一次看到自己重獲新生的性器官時，烏瑪索情不自禁低喃。

好大……

不久後出院，迫不及待迎接烏瑪索的不是別人，正是伊瑟涅特。兩人從醫院直奔上海大飯店，在那裡嘗試第一次的性交。然而，才剛含進口中，伊瑟涅特就退縮了。

不行，還是有點那個……

伊瑟涅特無法接受豬的陰莖。至今一直對市長女兒唯唯諾諾的烏瑪索，到了這個地步也不禁激怒。

妳在說什麼啊！不是小姐妳要我去動手術的嗎？

……對不起。

伊瑟涅特低著頭，肩膀微微顫動。她哭了嗎？才不是，她是在強忍笑意。

因為……這個……好噁心嘛。

看到那天真無邪的笑容，烏瑪索察覺兩人戀情告終。市長女兒心血來潮戀上貧弱警衛的遊戲到此為止。她將離開他，熱烈投往另一段新戀情。而烏瑪索則是回到看門狗的生活。下體掛著豬陰莖的看門狗，真窩囊。反正這本來就是一段不可能有結果的戀情，她是自己怎麼也配不上的對象。儘管她提過好幾次結婚，但若那麼相信也太丟臉了。烏瑪索不恨她，反而感謝她給了自己這段開心的日子。謝謝妳！伊瑟涅特，謝謝。拜妳之賜，我還獲得了巨大陰莖。說不定能靠這個大賺一筆。一方面詛咒如此膚淺的自己，一方面不由自主地想像起充滿希望的未來。在伊瑟涅特半開玩笑的捏弄下，豬陰莖膨大勃起，烏瑪索全身充滿前所未有的快感。只可惜，射出的精液依然稀薄如水。說到底，那陰莖也只是隻紙老虎。

別離以意想不到的形式降臨。兩人的關係傳進市長耳朵，告密者是為烏瑪索動手術那間醫院的醫師。對方拿這件事勒索市長，市長勃然大怒。被迫捐獻鉅款給醫院，女兒還和自家門前警衛戀愛，這些事雖然都讓他不爽，最無法忍受的是男人身上移植了豬的陰莖。市長第一次動手打了女兒。

混帳東西！妳想讓我抱豬外孫嗎？

同一時間，毫不知情的烏瑪索正站在門前值大夜班。屋裡有人出來了，黑影始終維持剪影般的輪廓靠近。這麼晚了，有什麼事嗎？烏瑪索朝黑暗之中凝神細看，就在此時，耳邊傳來伊瑟涅特的叫聲。

烏瑪索！快逃！

同時，男人的剪影隨轟隆巨響發光。幾乎同一時間，烏瑪索眼前的鐵柵欄迸散火星。

快逃！烏瑪索！你會被殺掉！

烏瑪索逃走了，用力狂奔。

爸爸！住手！

烏瑪索這才知道那個黑影是誰。

巨響再次炸裂，子彈穿過黑夜，貫穿烏瑪索身旁的空氣。周圍留下殘響，附近大使館窗戶亮起燈光，烏瑪索只能用盡全力逃跑。

已經不能再回去了。那裡明明是我的職場，卻不知道該如何是好。接下來的幾天，烏瑪索把自己關在家裡，等待總部聯絡。反正鐵定會被開除，代替的警衛應該已經站在那裡了吧。

不久，總部來了通知，烏瑪索沒有被解僱，取而代之的是派駐另一個地方，理由是無端曠職數日。難道市長什麼都沒說嗎？那種事說不定說不出口。算了，光是沒有失去工作已值得慶幸。烏瑪索這麼想，直到聽到工作地點，才錯愕得說不出話。

「阿爾摩夏可魯[1]流放地」。

這就是烏瑪索新的工作地點。也是市長給他的懲罰。

第七章
流放地

位於阿瑪希姆最北方的城鎮，阿爾摩夏可魯。這裡也是已經廢爐的核能發電廠所在地。

拆除作業遲遲沒有進展，電力公司就在停滯狀態下倒閉。

民間拆除業者和管理公司接手後，有一段時間曾將其他地方的發電廠核廢料及放射性廢棄物搬到這裡來。隨著景氣愈來愈差，最後呈現荒廢狀態，現在連處理業者都不來了。警衛們戲稱這裡為「流放地」，原本是讓退休後的高齡警衛工作的地方，像烏瑪索這樣的年輕人不該調派此處。烏瑪索沒有告訴伊魯戈調職的事，要是說了，她肯定大力反對。烏瑪索每天一如往常騎腳踏車出門，開始過起裝作去市長官邸上班，其實朝北騎往「流放地」

1 拼音反過來是「Rokkashomura」，音同「六所村」，影射位於青森的六所村核廢料處理廠。

的生活。

仰望大門，烏瑪索忍不住用力嚥下口水。圍牆圍住的建築正門，門閂上掛著一把大鎖，上面還纏繞著幾圈鐵鎖鏈。生鏽的鐵鎖鏈上掛著「禁止進入」的牌子。烏瑪索下意識抓住大鎖，證實了它很堅固。彷彿聽得見最後一個把這道門鎖起來的人說「絕對不准進去」的聲音。

在門口的值班室裡發現人影，烏瑪索莫名心虛，倉促之餘點頭打了個招呼。不，我不是什麼可疑人士……然而對方毫無反應。是沒發現嗎？敲了敲旁邊那扇門，烏瑪索戰戰兢兢走進值班室。裡面亂七八糟，那名警衛依然不動如山，坐在那裡專心閱讀。

請問……

沒有回應。說不定他有聽覺障礙。烏瑪索一邊閃躲散落一地的垃圾，一邊走向那位警衛。儘管一路發出窸窸窣窣的聲音，警衛還是一點反應也沒有。該不會死了吧。烏瑪索從背後窺探，原來是個老舊的人偶。假人。沒想到新職場的前輩是個假人，這裡沒有其他人了嗎？還有，這一片悽慘的混亂是怎麼回事，難怪警衛同伴之間將這裡稱為「流放地」，這下真是來到一個非常不得了的地方了。烏瑪索嘆口氣，忽然看見假人脖子上有什麼黑色的東西蠢動。原來是蟑螂。蟑螂沿著脖子爬，話說回來，這蟑螂也太大了吧。

此時，烏瑪索察覺戶外傳來水聲。

他走向後門，在那裡看到堆成一座小山的垃圾，還有一個用破銅爛鐵遮掩裸體，正在淋浴的男人。那是個勉強用水管扭成的淋浴設備。

請問！

聽見烏瑪索的聲音，男人轉過頭。

幹嘛？

我是今天被分發過來的……

咦？是喔？

對。

等我一下好嗎？

烏瑪索回到正門前等了一會兒，男人一邊用破布擦拭身體，一邊走出來。與其說是警衛，這男人怎麼看都像流浪漢。

他的身體不時抽搐。抽搐的同時，整個人也像陀螺一樣慢慢轉圈。偶爾上半身還會用力扭轉。應該是某種疾病吧。他的頭髮和眉毛也都掉光了。

你是新來的？我叫葛尼克．涅畢斯特。

我叫烏瑪索．以雅薩德。

葛尼克和烏瑪索握手。

歡迎來到流放地，你是幹了什麼好事啊？

烏瑪索不知如何回答。

好吧，不說也行啦。被貶到這種地方來，你也真不走運。總之我們好好相處吧，要不要喝茶？

葛尼克說，走進值班室，烏瑪索趕緊跟上。葛尼克用那行動不便的身體踢開礙事的東西，想弄個位置給烏瑪索。可惜怎麼也不順利，看到他這副模樣，烏瑪索只好上前幫忙。

我以前也在比較正式的地方工作過，只是拖著這副身體，即使自己想認真做事，遠遠看起來就像在做體操吧。不管怎麼說，搖來晃去的警衛就是很詭異。我想總部沒有惡意啦，客戶會排斥也沒辦法嘛，就這樣被流放到這裡來囉。

難道你住在這裡嗎？

欸？嗯。

葛尼克表情有點尷尬。

家人都跑了啊。我自暴自棄，迷上了賭博，能拿的東西都被拿走了。想說既然每天都要來上班，這裡又沒別人，借住一下也沒關係吧。不知不覺就住了三年。會造成你的困擾嗎？

葛尼克一邊這麼說，一邊把髒水桶裡的水倒進水壺。

這附近的水道全都爛掉了，只有後面的水道不知為何還會出水。我想大概是地下水。

這裡的水沒問題嗎？

是污染水啊。不過只喝一點沒事啦。來，喝吧喝吧。

葛尼克把水壺放到瓦斯爐上，點火燒水。然後，在茶壺裡裝了些來路不明的乾草碎片。

那是茶嗎？

附近的雜草啦。我試過很多種，曬乾的喇叭花最好喝。只是得花幾年習慣這種苦味。

沒多久那來路不明的飲料泡好了。烏瑪索不好意思直接回絕，就啜了一口，結果當場吐出來。

嗚哇！嘔唔！

一種難以言喻的澀味瞬間破壞了嘴巴味覺。烏瑪索吐出舌頭，四處找尋能漱口的東西。水桶裡的髒水如今已經不可信任，最後只好用襯衫下襬擦拭口中每個角落。看到烏瑪索的反應，葛尼克笑得很開心。

哈哈哈，沒事啦，對身體沒有不良影響。別喝好了，是我的錯。放著吧。今天還是泡普通的茶好了。你去買個什麼來，買個好吃的，拜託囉。要是可以的話，也買個咖啡吧。

嘿嘿嘿嘿，對了，我肚子餓了，也拜託你買點吃的喔。

不嫌棄的話，這個怎麼樣？

烏瑪索拿出自己午餐打算吃的咖啡和麵包給這個居無定所的人。

謝啦！葛尼克眼眶含淚。在這種地方工作，真是深感人情冷暖呢。

看到他高興成這樣，烏瑪索心情也不壞。原本打算明天再帶給他吃，又想到萬一養成習慣就不好了，還是打消這個念頭。

你平常吃東西都怎麼辦？

隨便吃吃啊。別看我這樣，我不是沒錢，畢竟賺來的都沒地方花。

獲得這頓感動的早餐，葛尼克露出心滿意足的表情，走進草叢裡拉屎。也不管從烏瑪索的位置看得一清二楚，他就像貓狗一樣隨意排泄。

噯，你賭博嗎？有個滿容易贏錢的賭場，要不要去？

咦？我沒錢啊。

別擔心，我請客。

葛尼克也不擦屁股，直接拉起褲子。接著，披上最像樣的一件外套，再戴上鴨舌帽，壓低到遮住眼睛的位置。

那就走吧。

什麼？現在？

是啊。

別開玩笑了，現在是上班時間。

別這麼古板嘛。

你總是這樣嗎？

反正又沒人會看見。這裡只有你和我，只要你我不說，誰會知道啊。還是怎麼著？你以為總部會派人來查看嗎？放心吧，絕對不會來的。他們從沒來過啊。所以這裡才會稱為「流放地」。

……不、我不用了。要去的話請你自己去吧。

怎麼這樣，太見外了吧。有什麼關係，好吧，畢竟你第一天來，賭金我請客。我不會再請第二次喔。這次你要是拒絕，以後我就什麼都不教你了。關於這裡的一切，全部免談。

結果在葛尼克的強迫下，無法堅持拒絕的烏瑪索上工第一天就淪落蹺班命運。兩人搭上公車，前往鄰近阿爾摩夏可魯的伊卡索里夫[1]。明明說了要請客，葛尼克竟然沒帶錢包。不但公車錢要烏瑪索支付，連在車站前的商店買報紙和香菸的錢都要烏瑪索出。想到萬一這一整天行動的花費都要自己支付，難以忍受的烏瑪索半路就說要先回去了。哎呀，別這麼生氣嘛。葛尼克嘻皮笑臉，把手擱在烏瑪索肩膀上。請不要這樣！烏瑪索拍掉他的手。

什麼嘛，難道你以為我想誆你嗎？

我是這麼認為沒錯。

別擔心啦。好吧，那你在這等一下。

說完，葛尼克衝上附近公寓的樓梯。很快地，烏瑪索在那棟公寓二樓的窗戶內發現葛尼克的身影。只見葛尼克在屋內繞來繞去，不久之後，回來的他手上抓著一把鈔票。

這是怎麼回事？

咦？喔，那是我家啊。

你家？騙人的吧，你不是說你沒有家。

不是啦，那是我老婆家。她住在那裡，和小孩一起。

你去偷錢？

別說什麼偷嘛，這麼難聽。老婆的錢就是我的錢啊。

真的嗎？那真的是你太太的家？我看你只是闖空門的小偷吧？

少囉唆，你真的什麼都要管吔。

隔天，烏瑪索一大早就認認真真站在正門崗哨上。過了一會兒葛尼克才醒來，走出值班室。

1 拼音反過來是「Hirosaki」，音同「弘前」，影射位於青森的弘前市。

哎呀，昨天真傷腦筋。一般來說，新手運氣總是比較好，幸運女神大概放棄你了吧。

我學到教訓了，請不要再邀我去。

喂喂喂，怎麼才剛開始就放棄呢。賭博這種事啊，就是得花時間跟它拚才賺得了錢。什麼事都是這樣，哪有躺著賺的錢呢。

賭博這種事就是設計成讓人賺不了錢，我不會再去了。

什麼嘛，今天輪到你請客才對啊。昨天可是我請的吔。

說什麼請客，只有一開始那把而已。你知道後來我又虧了多少嗎？到下個月都沒錢了。

無論葛尼克怎麼邀他，烏瑪索都不為所動。

嘖，隨便你啦。

葛尼克沒轍，只好自己外出。

到傍晚，不知何處傳來孩子的嬉鬧聲音。烏瑪索訝異地環顧四周。起初還以為是自己的錯覺，但那聲音雖遠，肯定沒錯。

烏瑪索爬上看守用的瞭望台，看見設施建地內有一棟古老巨大的建築。孩子的聲音似乎就從那邊傳出來。烏瑪索打開擴音器開關，但它壞了。無奈之餘，只好朝設施內放聲大喊。

本設施禁止進入！快出來！

一群孩子從建築物裡跑出來。

你們從哪裡跑進去的？在那裡做什麼！快點出來！

於是，孩子們大聲回應。

囉唆！毒水母！你開什麼玩笑啊！

你這傢伙快點縮回去啦！

少礙事了！

男孩們毫不客氣地朝烏瑪索破口大罵，語氣毫不陌生。罵完之後，他們又跑回建築物中。男孩們口中的毒水母指的一定是葛尼克吧，形容得還真貼切。看來，他們是把烏瑪索誤認成葛尼克了。這裡來了新的警衛這件事，孩子們並不知情。

這時就該好好訓他們一頓才行。烏瑪索回到值班室，找起正門鑰匙。就在此時，葛尼克回來了。

你在做什麼？

烏瑪索頭也不回，用嚴正的語氣說：

一群小鬼闖進設施內部。

喔，這常有的事啊，葛尼克說。雖然不知道他們從哪鑽進去的，大概有什麼祕密通道吧。

為什麼不把他們趕走？

我怎麼去趕，那裡禁止進入啊。

所以才要趕走他們啊。

你不知道嗎？連我們都禁止入內喔。

你說什麼？

那裡有本值勤手冊，你自己去看。第二條第一項，上面寫著，任何狀況下警衛皆不可進入設施。還有第十二條第三項，若設施內部發生火災、恐怖攻擊或其他緊急事態，請儘速聯絡總部，等候指示。要是你覺得那群小鬼是恐怖分子，那就去聯絡總部吧。

擅自闖入會怎樣？

別問這麼蠢的問題，被發現當然是開除，不被發現就不會怎樣。

可是，總不能放著他們不管吧。烏瑪索說。

沒辦法、沒辦法。葛尼克說。只有小鬼和野狗完全拿他們沒辦法。尤其是小鬼，因為近年來小孩少，每個都是被寵大的。大人說的話，他們才聽不進去。

不說恐怖分子，難道就沒有應對一般非法入侵者的手冊嗎？

烏瑪索打開警備綱要的資料夾。

你看這個：

「如有人未經同意侵入設施，應儘速要求對方離開。」

這是第三條第一項。意思是我們進去也沒關係吧？

葛尼克苦笑。

上面可沒這樣寫。

不進去如何要求對方離開？

你翻下一頁看看。

烏瑪索翻頁，上面寫著第三條第一項的後續。

「或勸告對方離開。」……只能勸告？勸告不聽的話呢？

看第二項，上面不是寫了嗎？

烏瑪索讀出葛尼克手指的那行字。

「若對方不離開，應儘速聯絡總部。」搞什麼啊，結果還是得聯絡總部。

總之，就是這麼回事。

那我們打電話吧。

烏瑪索拿起話筒。

這麼一來，葛尼克立刻慌張地拉開辦公桌抽屜，從裡面拿出鑰匙，交給烏瑪索。

拜託你啦，別找總部的人來。看到這裡亂成這樣，我會被扣薪水。

關我屁事。不只弄亂，你住在這裡這件事更糟糕吧。

別這麼無情嘛。再說，你別看那群小鬼這樣，其實還滿乖的啦。只要多給一點小費，他們就願意幫忙跑腿買東西什麼的。

所以就可以讓他們進去嗎？

當然不是啊，但也只能放著不管了。更何況，那群小鬼生氣起來挺可怕的。

只是群小鬼，你怕什麼啊。真虧你這樣還能當好警衛。

我的確是當不好啊。

總之，你別擋我的路。要不然我就一五一十稟報總部。

我知道了啦，不管怎麼說，你先冷靜下來。再過個三十分鐘，他們玩膩了就會出來。你要是不高興，到時候逮住他們看是要訓一頓還是怎樣都行。

正如葛尼克所說，孩子們三十分鐘後就從建築物裡出來了。接著，他們從隔開建地內外的圍牆鑽出來。圍牆上到處都有洞，正好成為孩子們鑽進鑽出的通道。他們就像一群肆無忌憚的老鼠，一隻接一隻鑽出來。烏瑪索跨上腳踏車，全速疾馳到他們身邊大喊：

喂！這裡可不是你們的遊樂場！

其中一個男孩大喊，欸，毒水母！別礙事！

烏瑪索默默接近男孩們。看到他的臉，孩子們面面相覷。喂，這傢伙誰啊？沒看過他。

烏瑪索大叫，沒看到寫著禁止進入的牌子嗎？

其中一人說，那傢伙呢？葛尼克那個毒水母人呢？他被開除了嗎？

沒有，他還在啊。烏瑪索說。

另一個人又說，那你又是誰？

這和你們沒關係！聽好了，別再跑來這裡。

另一個孩子說，我們只是在這裡玩而已啊。

就是不行。這裡是禁止進入的地方。

另外一個孩子說，葛尼克都不會說什麼。

不行的事就是不行。

這時，其中一個孩子說，嗳，新來的，你是菜鳥吧。

另外一個又說，就人數來看我們肯定占上風喔。

又另一個人說，你一個人打算怎樣打贏我們？

再另一個人又說，哈哈！這傢伙怕了！

少年們逐漸逼近烏瑪索，像畫圓圈一樣包圍他。所有人都緊盯著烏瑪索，那是嘲笑睥睨的眼神。烏瑪索畏懼了，儘管是小孩，要一口氣打退這麼多人並不簡單。

其中一個人說，不如殺了他。

另一個人說，別這樣，給菜鳥一點面子。

少年們接連衝進銀色的草叢。像野狗一樣，消失在半人高的銀葉草原中。他們去了哪裡？烏瑪索完全無法掌握他們的行動模式，愈來愈忐忑不安。姑且騎著腳踏車回正門，正好看到憋笑的葛尼克走出值班室。

我不是說了嗎？對付小鬼只要給點零用錢，籠絡一下就行了。話說回來，小孩大概不願親近你吧，你這麼不會做人。

有哪個大人會去籠絡小孩子的！

烏瑪索一臉不悅地站回崗哨。只是，心裡有著不好的預感，怎麼也平靜不下來。不過是幾個小孩，到底有什麼好怕的，爭氣點啊。

過了一會兒，少年們騎著腳踏車從草叢裡衝出來。一個接一個。原來他們把腳踏車藏在草叢裡啊。只見少年們紛紛朝烏瑪索衝刺，就在騎到幾乎快撞上他時迴轉，做出敬禮的動作後離開。一個接一個，把烏瑪索嚇得全身僵硬。

哎呀呀，果然厲害，他們對你另眼相看了呢。

雖然葛尼克這麼說，烏瑪索可不認為如此。剛才那是警告。不、是預告。自己一定會遭到報復。

烏瑪索不由得發抖。

隔天，烏瑪索的預感成真。少年們放學後直奔流放地。當時烏瑪索就在正門站崗，他們將腳踏車一字排開，停在離崗哨三十公尺左右的地方，然後撿起路旁的石頭朝烏瑪索丟擲。

住手！

烏瑪索扭動身體閃避飛來的石頭。那模樣似乎很好笑，少年們捧腹大笑，繼續丟石頭。值班室的窗玻璃破了，烏瑪索身上多了瘀青。少年們大概差不多玩膩了，跨上腳踏車揚長而去。

看到值班室和烏瑪索的慘樣，剛從賭場回來的葛尼克都傻眼了。早就跟你說了吧，那群小鬼放著別管才是上策，誰教你多管閒事。

這天，就算是烏瑪索也沒力氣回嘴了。

如果對方是成人，如果這是對烏瑪索趕走他們而展開的報復，或許事情將就此告一段落。然而，對方是小孩，小孩這種生物是發明遊戲的天才，這下他們嚐到欺負警衛的樂趣了。接下來，只能等到他們哪天玩膩為止。

隔天少年們又來了，再隔一天也是。這件事彷彿成為他們的例行公事。

我要殺了你們。

每次他們離去時，烏瑪索都會這樣自言自語。

某天，少年們不知為何沒有出現。烏瑪索下班回家途中，草叢裡飛來一根棒子，插進腳踏車輪框。車輪瞬間鎖死，緊急煞停的腳踏車順勢往前轉了一圈，把騎在車上的烏瑪索拋到半空中，就這麼摔落地面。周圍傳來孩子們的鬨笑聲。

回頭一看，埋伏在草叢裡的傢伙們正看著烏瑪索笑。其中有故意開玩笑招手的，也有人朝烏瑪索扔石頭。烏瑪索扛起腳踏車，輪胎已經擦破爆胎了。

對方約有十二、三人。雖說寡不敵眾，說到底也不過是群孩子。烏瑪索轉為攻擊，少年們朝四面八方竄逃。烏瑪索抓住其中一人，揪著他的領子將那傢伙拖到路邊。被他抓住的少年大喊：

放開我，王八蛋！你想死嗎？

烏瑪索輕鬆抬起少年，往地面重摔。少年背部撞擊地面，痛得一時之間無法呼吸。其他孩子站得遠遠地觀看這一幕，一看到烏瑪索跑過去想再抓一個，眾人便一哄而散。烏瑪索停下來，他們也跟著站定。

烏瑪索跨上腳踏車騎出去，他們只是默默注視。回過頭，向晚的昏暗天色中，還看得見少年們身影的輪廓。那身影文風不動，反倒顯得詭異。不過，小孩終究是小孩，只要打罵一下就怕成這副德性。烏瑪索心想。這下掌握訣竅了，總之只要抓住其中一個，賞點顏色就行。這麼一來，其他人便會嚇得四散竄逃。

腳踏車輪框歪了，每踩一下踏板就發出吱吱嘎嘎的刺耳聲響。直到回到家，鑽進棉被裡，那聲音還一直在腦中迴盪。

接下來的一星期，少年們都沒有出現。再次現身時，他們站在離正門一百公尺左右的地方，一字排開，朝烏瑪索敬禮。花了很長時間的一禮，氣氛和先前的嘲弄完全不同。敬完禮，少年們就回去了。

他們是在用自己的方式表達反省之意嗎？雖然有點難以置信，烏瑪索倒也鬆了一口氣。想想自己或許太幼稚了，竟然對小鬼暴力相向。心情一旦放鬆，反省的情緒就湧了上來。回想孩子們敬禮的樣子，忍不住莞爾一笑。可惜，烏瑪索誤會了，孩子們那番表現，代表的是下戰帖的意思。

隔天，葛尼克一大早就去了賭場。去之前他也邀了烏瑪索，不過烏瑪索拒絕了。事後想想，早知道應該跟他去的，事到如今已是後悔莫及。下午，少年們悠然到訪，所有人手中持著鐵棍，騎腳踏車衝向烏瑪索。

住手！

他們採取波狀攻擊，輪番上前毆打烏瑪索。烏瑪索踢翻一輛腳踏車，從背後扣住跌倒的少年，想拿他當人質。

住手！

不料，人質完全沒派上用場。看來孩子們已分析過上次失敗的原因，對這招毫不畏怯，依然從四面八方湧上來圍毆。前面、旁邊、後面都有人。被挾持為人質的少年則乘隙從烏瑪索的手中溜走，一眨眼便加入戰鬥。烏瑪索被打得站不起來，拖在地上，又被用繩索捆綁起來，高高扛起，然後拋下。腳踏車輾過他的身體，烏瑪索昏了過去。

傍晚，葛尼克回來時，映入眼簾的是被倒吊在瞭望台上的烏瑪索，全身赤裸，身上塗滿泥巴。

喂！你沒事吧？

烏瑪索對葛尼克的聲音一點反應都沒有。葛尼克鬆開繩索，讓烏瑪索躺在瞭望台地板上。不經意聞到碰了泥巴的手，身體忽然像彈簧一樣跳起來。

嗚哇！是屎！

葛尼克抓起烏瑪索散落一地的衣服，想用那個擦臉，才發現沒有一件衣服不是沾滿了大便。

烏瑪索逐漸清醒，同時激動嗚咽。

是誰幹的？

嗚嗚嗚。

烏瑪索只是哽咽，話不成聲。

是那群小鬼嗎？

嗚嗚嗚。

喂，大人被小鬼弄哭像什麼話。

嗚、嗚嗚。

也是啦，被小鬼整成這樣，是我也想哭。不過，你也真傻。要是和我一起出門，不就不會遇到這種事了嗎？

葛尼克帶烏瑪索下瞭望台，再帶他到水龍頭邊。

總之先洗洗吧，臭死了！

嗚嗚嗚，葛尼克，這是你的屎啊，嗚嗚嗚！

什麼，竟然是我的屎！那還真抱歉。

這天沒法工作了，烏瑪索提早回家。一看到他，伊魯戈差點沒昏倒。因為臉上滿是傷痕瘀青，幾乎認不出是誰。

喂喂，你是烏瑪索嗎？到底發生了什麼事？

在路上遇上小流氓挑釁。

報警了嗎？

兩邊都有錯啦。

烏瑪索強裝平靜，在餐桌旁坐下，吃起外婆做的菜。但是實在太痛了，根本吃不下東西。

我想辭掉工作。烏瑪索說。

為什麼？

沒為什麼。

哪有人不為什麼就辭職！難得有機會在市長官邸工作！

伊魯戈不知道烏瑪索派駐流放地的事。

夠了，算了。

烏瑪索撤退回房，躺在床上，就這麼沉沉睡去。做了好幾個可怕的夢，醒來好幾次。喉嚨乾渴，可能發燒了，卻沒有力氣起身。只要稍微動一下，身體某處就會竄過激烈疼痛。好不容易熟睡，半夜裡又因為身體太痛而清醒。烏瑪索衝進廁所，脫下褲子，發現陰莖發黑腫大。難以忍受這強烈的痛楚，烏瑪索叫喚伊魯戈。

外婆！救救我！

聽見聲音的伊魯戈趕來時，烏瑪索已經口吐白沫昏倒了。伊魯戈叫了救護車，將烏瑪索送往醫院。

醫生在烏瑪索陰莖裡找到生鏽的鐵釘。大概是哪個孩子插進去的。腫大的情形不但沒消退，反而愈發惡化，烏瑪索發了三天三夜的高燒，一星期後，好不容易長大的陰莖正式宣告壞死。

陰莖遭切除。只剩下一顆睪丸。

尿意襲來的瞬間，烏瑪索漏尿了。護理師為他找來成人尿布。一想到剩下的半輩子非穿這東西不可，烏瑪索不由得眼前一片黑。

出院當天，伊魯戈一路扶著烏瑪索回家。路上擦身而過的幾個年輕女孩說「怎麼好像有尿騷味？」兩人都聽見了。烏瑪索忍不住擔心起自己雙腿之間的狀況。

才沒有呢，那是下水道的味道啦。伊魯戈這麼說。

該不會是外婆妳吧？畢竟都上年紀了。

對烏瑪索的玩笑話，伊魯戈只能苦笑以對。烏瑪索也笑了一下。失去的東西就是失去了，只能這樣過下去。伊魯戈說。

回到家，伊魯戈一出去買東西，烏瑪索就在自己房間裡脫個精光，站到鏡子前。脫下尿布，雙腿之間像是開了一個圓圓的洞。實際上那個洞並沒有這麼大，只是剛好和旁邊的陰毛融合，看起來就成了一個大洞。簡直就像黑洞。從前，烏瑪索是個不懂得愛惜玩具的小孩，只要什麼地方稍微壞掉，他就難以忍受這種無法復原的狀況，非得把玩具徹底破壞不可。看著鏡子裡自己壞掉的性器官，烏瑪索明白命運已走到盡頭，決定用自縊的方式向這個世界說再見。沒想到，當頭穿過從天花板垂吊下來的繩圈時，忽然感覺陰莖勃起。明明已經不存在的陰莖勃起了。這奇蹟令烏瑪索感動。這個當下，自己正在發情。雖然不知道發情的對象是什麼，總覺得情慾蠢動難耐。身體竟然還保留了這個機能，烏瑪索自己也很意外。沒了陰莖，連睪丸都只剩下一顆的性器官發情了。是陰囊裡唯一剩下的那顆睪丸發情的嗎。別死啊，烏瑪索，我還活力十足呢。雙腿之間彷彿傳來這樣的呼喊，烏瑪索撫摸那顆堅強的睪丸，哭了。

不死了，為這種事而死太可笑。比起那個，得好好想辦法處理這寶貴的性慾才行。

烏瑪索忽然想起雷班娜。妓女雷班娜。一度因為勇氣不足，掛掉了打給她的電話，不過今晚沒問題。要見面就趁今晚了。烏瑪索拿出紙條，試著撥了電話。鈴響了很久才終於接通。

喂，我是雷班娜。謝謝您打來，喂？

……

烏瑪索緊張得說不出話。

喂？

既然連死都想過了，就豁出去吧。烏瑪索勉強擠出聲音：

那個……我想跟妳見面……

謝謝您打來，請告訴我地址。

我這裡嗎？不太方便……

那，我們找個旅館碰頭吧？

旅館……說得也是。

烏瑪索指定了亞洲街的那間便宜旅店。那間「上海大飯店」。過去和伊瑟涅特幽會的地方。

比約定時間早到，烏瑪索獨自一人坐在旅館房間床上，忐忑不安地等待時間流逝。望向鏡子，發現自己忘了刮鬍子。好邋遢的鬍碴，太難看了。烏瑪索用洗臉檯上的刮鬍刀刮了鬍子，刮完才想到，早知道不該刮掉鬍子的。她一定還記得自己的臉，那個站在製藥公司大門前的警衛。如果知道是那傢伙買了她，彼此一定會有點尷尬。真難為情。不、都到這地步也沒什好尷尬或難為情了。烏瑪索受不了自己的膽小。得戰勝自己才行，至少今天一定要。好不容易得到的勇氣，要是現在萎縮就沒意義了。啊哈哈，是說連能萎縮的東西都沒了嘛。對啊，那東西已經沒了。傷腦筋，竟然忘了這最重要的一件事。怎能讓她看到這種奇形怪狀的性器官。

烏瑪索一陣落寞。不知道自己到底在幹嘛。幸好在被她看見前想到這件事，還是快點回家吧。

烏瑪索披上外套，看看時鐘。距離約定的時間還有十分鐘。好險，快回去吧。

傳來敲門聲，烏瑪索倒抽了一口氣。又敲了一次。糟糕，她來了！烏瑪索環顧四周。床邊放著一個滿是塵埃的奇妙中國面具，不管三七二十一，烏瑪索戴上面具才去開門。

久違的雷班娜頭髮長長許多。看到面具的她睜大了雙眼，又立刻笑出來。

那是什麼？我可以進去嗎？

烏瑪索不假思索地讓她進了來，無可奈何之餘只好說：

請問，戴著面具做也可以嗎？

為什麼？不想被看到臉？

欸……嗯。

好啊。如果可以的話，我也想遮住自己的臉呢。借我淋個浴喔。

雷班娜說，朝浴室探頭。烏瑪索坐在床上，因為面具的關係，自己的呼吸聲聽來特別大。

烏瑪索思考著。如果不請她回去的話，自己那壞掉的性器官就要暴露在她面前了。儘管臉是遮住了，能夠承受得了被看到那種東西的屈辱嗎？還是乾脆大大方方給她看？衝動與自制心不斷拉扯，遲遲無法決定自己該朝哪個方向去。

噯。雷班娜說。

什麼事？

浴缸裡有死老鼠。

咦？真的嗎？

烏瑪索站起來，正想進浴室察看，才發現面具造成視野狹窄，沒辦法走到那邊，只好又戰戰兢兢地重新坐回床上。

啊、沒關係。

真抱歉。

雷班娜到烏瑪索身旁坐下。

你常來嗎？這裡。

咦？……啊，沒有。

我是第一次來。

這樣啊，喜歡嗎？

可以老實說嗎？

……啊、不。

我並不討厭老鼠，因為很可愛不是嗎？但是已經死掉的就……

……也是。

烏瑪索聲音顫抖。

忽然，雷班娜伸手過來解他的皮帶。

站起來一下好嗎？

在她催促下，烏瑪索起身。長褲就此滑落，雷班娜的手放到他的內褲上。還來不及怯懦，烏瑪索的下半身已暴露在她眼前。

哎呀。

雷班娜瞥了烏瑪索一眼，然後微微一笑。

嚇到妳了吧？

烏瑪索從中國面具眼睛的洞孔窺看雷班娜的表情，但是看不真切。

雷班娜說：

不同客人有不同樣貌嘛，要是動不動就嚇到的話也別工作了。比起這個，面具還比較嚇人呢。

像我這樣的不罕見嗎？

罕見是罕見，各種樣子的我也看多了。

其他還有什麼樣子的？

我想想喔，像撒尿小童的那裡只有小指大小的就很常見。

我問的是罕見的情形。

嗯，比方說，也有前端分岔成兩條的。

妳騙人的吧。

真的啦。你要是不信，我就不說了。畢竟那也是客人的隱私。

抱歉，我相信妳。不會告訴別人的，還有別的嗎？

前端長滿毛的。

什麼東西啊，真的嗎？還有呢？

形狀像菸灰缸的。

那是怎樣？

又粗又短，看起來簡直就像另一種東西。還有長得像葉子一樣平的，怎麼看也不認為那東西能用來辦事。

不過，至少大家的都還在。

你想聽不在的嗎？

有這種人嗎？

當然有啊。只是連臉都遮住的你是第一個。我們該不會認識吧。

烏瑪索不知如何回應。

認識也沒關係啊，我已經沒什麼好丟臉了。來，躺下吧。

烏瑪索照她說的躺下，一旦要開始辦事，面具就顯得礙事。雷班娜把自己的絲襪遞給烏瑪索，要他用那個罩住臉。烏瑪索真的把絲襪套在臉上，看到這個，雷班娜笑得停不下來。烏瑪索一照鏡子，自己也哈哈大笑。雷班娜叼起從包包裡拿出的菸，也給了烏瑪索一根。烏瑪索接過來，想放到嘴邊，卻忘了絲襪還罩在臉上。

你打算就這樣抽嗎？

說完，雷班娜再次大笑。烏瑪索試著隔著絲襪抽菸，結果又笑出來。就在兩人這樣互相撞來撞去，做了太多不必要的事之間，時間也到了。然而，雷班娜說今天破例，現在才要開始認真工作。失去陰莖的烏瑪索在她的技巧下高潮了三次，每一次都是至今從未體驗過的性高潮。陶醉的烏瑪索一時之間無法起身，唯一的睪丸分泌精液，令他雙腿之間像女人一樣濡濕。雷班娜幫他擦乾淨。

抱歉，我得走了。

雷班娜說著爬起來，開始穿內衣，然後找起了什麼。

在找什麼？

我的絲襪。

烏瑪索完全忘了絲襪就套在自己臉上，幫忙翻找枕頭之類的地方。很快地，雷班娜發現了，兩人又爆笑著滾回床上。

烏瑪索拉掉絲襪，重新戴上中國面具，再把絲襪整齊拉平摺好，還給雷班娜。雷班娜穿上那雙襪子時，發現裡面塞有紙鈔。

我不能收下這個。

沒關係啦。

雷班娜恭敬地將錢收進皮包，臨走之際，擁抱了烏瑪索。稍稍掀起面具，親吻露出的嘴巴，再將剛才烏瑪索給的其中一張鈔票捲起來，插進面具的鼻孔。

用這去喝一杯吧，戴中國面具的小哥。

送雷班娜走後，獨自離開亞洲街的烏瑪索在夜風吹拂下，一邊走在車站前的鬧區，一邊沉浸在與雷班娜共度時光的餘韻中。

一個中年男人站在拉下鐵門的店家前撒尿。烏瑪索羨慕他能在外頭撒尿，那是失去男性象徵的自己如今已經無法實現的事。這麼一想，忽然沒來由地火大。烏瑪索偷偷潛到男人背後，搗住那傢伙的嘴。男人撒到一半的尿，就像栓上的水龍頭戛然而止。烏瑪索從他身後往前窺看，那傢伙不但陰莖很小，還是個包莖。

搞什麼啊你，那玩意兒這麼難看，不覺得丟臉嗎？

這番話帶給烏瑪索快感，身體湧現力量。

這種東西真虧你敢掏出來在人前小便。怎麼？你這傢伙用這東西能取悅女人嗎？喂，我幫你切掉它吧？怎麼樣？

男人從口袋裡拿出錢包遞給烏瑪索，看來是被當成強盜了。

別殺我！男人為活命求饒。

什麼？殺你？嗟，不會殺你啦，手舉起來！

男人顫抖著高舉雙手。烏瑪索掀起男人的襯衫，直到把臉蒙住，再用袖子綁住他。順便脫下他的褲子，用皮帶固定腳踝後逃離現場。回頭一看，站在鐵門前，只露出肚子和下半身的男人正在扭動身軀。那模樣彷彿另一種生物。

哈哈哈！

烏瑪索往前跑。

痛快！
跑到看不見半個人影的暗巷，像隻野狗般狂吠。

第八章

隨機攻擊事件

隔天早上，烏瑪索回到睽違多日的「流放地」上班。穿上熨得筆挺的制服，套上擦得發亮的鞋子。前往值班室途中，烏瑪索停下腳踏車，走進銀葉草叢，扶起一根橫倒在地的木樁。木樁上綁著繩子，繩子另一端繫著另一根躺在銀葉草叢裡的木樁。這根木樁又和另一根木樁相連。烏瑪索把這些木樁重新打入地面扶正，拉直繩索。再把同樣棄置草叢的拒馬柵欄放回路上。這些東西本來就該這樣才對。任何東西都該待在原本應該待的地方。這就叫做秩序。

烏瑪索走進倉庫，把上鎖的置物櫃打開。裡面有幾把舊的來福槍。烏瑪索拿起其中一把，花了一點時間仔細保養。接著，他手握那把來福槍，站上正門崗哨。清風吹來銀葉草的氣味，烏瑪索將那氣味吸滿整個胸腔，祝福自己全新的開始。

昨日之前的烏瑪索．以雅薩德已死，今天起，我將重獲新生，成為另一個人。看這萬里無雲的天空，多麼蔚藍！多麼蔚藍！多麼適合邁向嶄新人生的一天！

烏瑪索差一點就要落淚了。要不是那個男人從值班室裡出現，破壞一切氣氛的話。

好久不見，你還活著啊。沒事了嗎？臉還有點腫唷。

葛尼克一臉睏意，邊揉眼睛邊說。再次望向站在正門崗哨上再世為人的烏瑪索時，不由得瞪圓了雙眼。

喂喂，你這是做什麼！

烏瑪索看也不看他一眼，雙眼直視地平線。

喂！別把這麼嚇人的東西拿出來！

令葛尼克為之驚恐的，是烏瑪索手上的槍。

喂！難道你想復仇嗎？別想那種傻事了，對方可是小孩子。

這些話烏瑪索根本聽不入耳。現在的烏瑪索已清楚理解警衛的工作是什麼。什麼是警衛？答案就在自己背後。所謂警衛，就是背對自己守護的事物，站在前方的人。這就是警衛。驅逐入侵者，並不是出於仇恨。不管對方是恐怖分子還是只想在裡面踢足球，都和自已無關。自己該做的，只有驅逐入侵者。這就是警衛的任務。

一個單純的裝置。警衛最好只是個單純的裝置。

烏瑪索指向銀葉草叢。

看那個。

葛尼克凝神細看，看到筆直橫過草叢的繩索。烏瑪索又問：

禁止閒雜人等入侵的範圍，是建築外半徑幾公里內？

咦……呃……半徑五百公尺內。葛尼克回答。

那條繩索就是界線。只要從那裡踏進一步，就是入侵者。

哎呀，你說得沒錯。可是，要是真有人進來又能怎樣？你該不會想開槍射擊對方吧？

驅逐。若對方抵抗就開槍。烏瑪索說。

喂喂，警備綱要裡可沒這麼寫。

快去換制服。

咦？

你負責守西側。

喂，你是怎麼啦？腦子壞了嗎？那麼做會被開除喔，不，會被逮捕吧。

葛尼克撤回值班室。過了一會兒再出來時，確實已換了衣服，只不過他換的是平常外出穿的便服。

你高興怎樣就怎樣吧。要是發生了什麼事，我可不管。

葛尼克說完，正要去牽自己的腳踏車時，槍聲瞬間響起。葛尼克倒抽一口氣，回頭一看，烏瑪索彷彿什麼都沒發生地直立不動。不過，槍口的確在冒煙。

你開槍了……到底想幹嘛啊！

好了，閉上嘴回你的崗位！

嘖，這玩笑一點也不好笑！

葛尼克走回值班室，從置物櫃裡拉出發霉的制服穿上。接著便跨上腳踏車，前往西側崗哨。

流放地西側有一道綿延幾百公尺的高牆，一抵達西側門口，葛尼克立刻背對鐵門蹲下，點起一根菸。

開什麼玩笑，為什麼老子非得工作不可。

回頭一看，烏瑪索就站在那裡。葛尼克慌忙起身。

不准蹲下，也不能抽菸。

烏瑪索拍掉葛尼克手上的香菸，用閃閃發亮的皮鞋踩爛，直到看不出那曾是一根菸。

葛尼克搖晃著身體，默不吭聲，看來似乎已經放棄。他知道跟眼前這傢伙說什麼都行不通了。

傍晚，少年們騎腳踏車前來，發現設置了不熟悉的拒馬，立刻停下來窺伺前方的狀況。很快地，烏瑪索便聽見少年們的叫聲。

幹嘛，你這傢伙！還沒學乖嗎？

放這東西打算找碴是吧！

出乎意料的是，少年們就此揚長離去。但是烏瑪索知道，這不代表他們放棄了。重新戴正帽子，左右張望。不久，少年們果然回來了，每個人手上都抓著鐵棍。

踢翻拒馬，少年們入侵設施範圍內。烏瑪索跑上前。

怎麼，這傢伙想一個人跟我們對幹啊？其中一人這麼說。他們沒發現全力飛奔而來的烏瑪索手上握有槍。跑到彼此相距一百公尺左右時，烏瑪索停下來，單膝跪地，舉槍瞄準。

然後，毫不猶疑地發射。

少年們嚇得猛踩煞車，幾個人因來不及收勢而摔倒。所有人緊張得屏氣凝神，耳邊還有槍聲的殘響縈繞。

站在西側崗哨的葛尼克也嚇呆了。

……那傢伙瘋了。

烏瑪索又舉起槍，少年們若敢繼續輕舉妄動，他肯定打算再開槍。

即使是這群少年也無計可施。他們撤退，而烏瑪索贏了。贏了小學生。不，他只是做了天經地義的事。烏瑪索站起來，拂去膝蓋上的泥沙，靜靜走回自己的崗哨。

隔天，烏瑪索著手恢復值班室的秩序。從形同葛尼克巢穴的值班室內，把一切多餘的東西都丟掉。對烏瑪索而言多餘的東西，對葛尼克而言卻是生活必需品，甚至可說是身家財產。儘管葛尼克拚了命的抵抗，行動不便的身體怎能是烏瑪索的對手。

烏瑪索當著葛尼克的面，把他的家當全燒光。

混蛋！混蛋！

葛尼克哭鬧抗議，烏瑪索說：

這一切都是為你好。從今天起，你也將重獲新生。像我一樣再世為人。明天起，好好從家裡通勤來值班吧。

我哪有家！

去找就有了吧。

面對這無情的打擊，孱弱的葛尼克也生氣了。從值班室後方倉庫裡挖出塵封的槍，對準烏瑪索的心臟扣下扳機。原本烏瑪索的人生將就此告終，沒想到那把蒙塵的槍竟在葛尼克手中爆炸，炸瞎了他的雙眼。烏瑪索撿回一命。

烏瑪索趕緊叫了救護車，將葛尼克送往醫院。烏瑪索與總部聯絡，報告意外發生的始末。這是值勤中發生的意外，說不定能領到保險金。當天總部派了調查員來，做完簡單的現場鑑識後就回去了。

過了幾天，接到同一個調查員的聯絡。

葛尼克被開除了，他是自作自受，保險不會理賠。

這樣啊。

對了，你也開了槍是嗎？葛尼克的證詞是這麼說的。

開了，只是為了達到恐嚇目的。

聽說對象是小學生，真的嗎？

這個我就不知道了，畢竟距離很遠。

不要太亂來喔，要是射中了人，連你也得開除。總之，寫下悔過書寄來吧。

那是小學生嗎？我不知道啊。

總之，不要太亂來。

從頭到尾，調查員的語氣都很敷衍。

剩下一個人的烏瑪索感覺像是春天降臨，終於能隨心所欲地完成自己的職務。太陽下山前，他就像個假人般立正站在正門前。過去在製藥公司工作時，曾經認為這麼無聊的工作自己無法勝任，現在卻覺得這是天職。怎麼會認為這份工作無聊呢。自己是哪裡改變了呢。不管怎麼想，烏瑪索都想不通。事實上，就連思考這些都很吃力。還有，現在一天過得莫名其妙地快。

到了晚上，烏瑪索沉迷於隨機攻擊路人遊戲。從酒吧偷來的冰錐成了他的註冊商標。

……要是在暗夜的路上遇見一個手指靈活耍弄冰錐的男人，那就是烏瑪索．以雅薩德。遇到他時，千萬不要站在路邊撒尿，否則你將被剝個精光，站在暗巷裡不知何去何從……嘴裡叨念著這番話，有時也吹吹口哨，烏瑪索就像昔日的街頭幫派分子，四處尋找下一個目標。

那天晚上，烏瑪索襲擊的對象雙腿間掛著非常壯觀的男件象徵。

這傢伙該不會是種馬暴發戶吧？

儘管內心存疑，翻出對方錢包一看，裡面放著一疊數目驚人的鈔票。果然不出所料，這人是種馬暴發戶。從錢包裡拿出的身分證上也附有優良精子證明卡。烏瑪索使勁全力抬腿，朝這傢伙雙腿之間踢上去。

你這混蛋，用那條像絲瓜一樣的東西賺了多少錢啦？怎麼？還在阿達沃特[1]湖邊買了別墅是吧？

烏瑪索搶走大筆錢財，毫無愧色地回家。

1　拼音反過來後近似「十和田」，影射位於青森的十和田湖。

週末，烏瑪索帶了探病的禮物前往葛尼克住的醫院，還在口袋裡塞了些從種馬暴發戶那裡搶來的錢，打算當作慰問金送他。沒想到葛尼克早已出院，聽說得知保險不理賠那天晚上，他就自己消失了。大概認為多住一天就得多付一天住院費吧。

烏瑪索花了整整一天找尋葛尼克的下落，可惜毫無頭緒。心想，要是能知道他前妻住哪兒也好，便給上次那個總部調查員打了電話。然而對方卻說，葛尼克根本沒有婚姻紀錄。

到了夜晚，為了發洩鬱悶的心情，烏瑪索在路上找了個恐嚇對象。可惜這次找錯目標，那傢伙是個撒尿小童。不對撒尿小童下手是隨機攻擊犯烏瑪索的原則。烏瑪索繼續尋找下一個目標，早已養成不從街燈下通過的走路方式，走起來得心應手。就這樣在昏暗的巷弄中走動時，瞥見走在前方的一個女人。那女人拖著腳走路。

是雷班娜！

烏瑪索立刻這麼想。肯定沒錯。雷班娜的背影，他絕對不會認錯。烏瑪索改變主意，開始跟蹤她。走了一會兒，一個流浪漢叫住雷班娜。烏瑪索躲進暗處。

嘿！雷班娜！來打一砲吧！

不行喔，今天已經打烊了。

有什麼關係嘛。

你明明沒錢還敢說。

不要這麼小氣啊，今天可是紀念日。

又是紀念日？這次是什麼紀念日？

妳不知道嗎？

流浪漢舉起皺巴巴的報紙。

出生率達到有史以來最低紀錄啊，保健省已經發表了。

是喔。

人類也要完蛋啦，所以來打一砲吧。

什麼跟什麼啊。

一起生個小孩嘛，可以賺大錢呢。

在那之前得先買下豬的肝臟才行。

連豬都漲價了。

那不是免談了嗎？

雷班娜再次邁步向前。烏瑪索也跟著走。這次流浪漢叫住烏瑪索。

唷，小哥。有沒有香菸？

烏瑪索視若無睹地離開那裡。保持一段距離跟著雷班娜走了一段路，抵達的是熟悉的地方。前方就是製藥公司的建築，對街則是雷班娜住的公寓。

雷班娜走進公寓。

烏瑪索停在製藥公司前。門上了鎖，值班室內不見人影。烏瑪索站在那懷念的崗哨上，感慨萬分地望著包括公寓在內的景色。

不知道歐普好不好？如果自己還像從前一樣在這裡工作，不知道日子過得如何。至少不會失去性器官吧。在那之前，要是沒有選擇警衛這份工作，現在的自己又在哪裡做什麼呢？性器官應該也還在吧。

……歐普的女兒，艾莉亞姆不知道怎麼樣了。

雷班娜屋內亮起了燈。昏暗的一顆燈泡。就著這盞燈，可以看見雷班娜正在脫衣服。赤裸的雷班娜在洗臉盆裡裝水，用那沾濕毛巾擦拭身體。難道連自來水都被停了嗎，使她甚至無法好好沖個澡。

烏瑪索拿出手機撥打。

看得見雷班娜接起電話。

喂?

耳邊是她的聲音。烏瑪索慢慢將夜風吸進胸腔。

打電話來的客人,指定去亞洲街的旅館。雷班娜搭上計程車,在亞洲人街入口下車,朝客人指定的旅館走去。

「上海大飯店」。

雷班娜直接上樓,往房間走。

三〇四號房。雷班娜敲了敲門。

沒有回應。試著轉動門把,門上了鎖。又敲了好幾次門,甚至感覺不到房中有人,是不是還沒到呢?雷班娜在樓梯上坐了一下子,等那位客人來。

等了二十分鐘,客人依舊沒有出現。正打算回家時,為求保險起見,再試著轉動了一次門把。

……門開了。

朝房內窺看。

但是，房間裡沒有半個人。看到放在床邊的中國面具，雷班娜差點笑出來。為了確認，雷班娜也去看了浴室。幸好今晚沒遇上死老鼠。大概是經營者換人了，浴缸刷得很乾淨。

從浴室出來時，那張面具不知何時跑到床上，面朝旁邊放著。那張輕佻的笑臉正對著雷班娜，詭異的氣氛令她不由得環顧四周。

一定是那位客人做的事。雷班娜小心翼翼地出聲：

噯、你在嗎？

沒有回應。窺伺窗外，也沒看見人影。雷班娜想把面具放回原位，拿起來時，裡面有什麼白色的東西紛紛飄落地上。

是鈔票，張數還不少。雷班娜蹲下來，一張一張撿拾。她知道是誰做的，但也不知道那是誰。雷班娜苦笑，對著面具雙手合十，表達感謝。

當雷班娜去浴室察看時，躲在沙發後面的烏瑪索把面具放在床上，塞進從種馬暴發戶那裡搶來的錢，然後逃離房間。要是半途被她發現該如何是好，不，到底該如何是好呢。事到如今烏瑪索才開始興奮，情不自禁跑了起來，全力狂奔。想起好久以前的往事，比如那些追逐國中同學的日子。

第九章

提供者與接受者

星期天，伊魯戈一早就出門參加老人會的活動。最近她都和老人同伴一起玩。烏瑪索怎麼也無法想像一群老人要如何度過開心的時光。老人動作雖慢，活得倒比年輕人更青春洋溢，真教人意外。如果自己以現在的步調變老，大概五十歲時就會變成連一根手指都懶得動的臥床老人了吧。想著這種事發呆，烏瑪索睡到下午才起床。最近莫名疲倦，花了好一番工夫才從床上爬起來。算了，難免會有這種情形。烏瑪索不太在意。

下午，一對陌生夫妻造訪烏瑪索。那兩人站在玄關前扭捏不定，問他們有何貴幹，也遲遲不肯說清楚。該不會是葛尼克的家人吧，想不出其他可能性，烏瑪索姑且先讓兩人進門。

「請問有什麼事嗎？」

是這樣的，其實……前幾天，我們從奧利佛銀行買了精子。

喔，是那件事啊。

烏瑪索完全忘了這事。是上次那份兼差。看來，這對夫妻買下了那禿頭的精子。做妻子的遞出點心禮盒，深深低頭道謝。烏瑪索不知如何應對，當然也懷有罪惡感。可是，為什麼歐阿薩姆沒有事前聯絡呢，不會是想吞掉該分給自己的報酬吧。

喔，這樣啊。原來有人買了，那真是太好了。

即使得努力壓抑聲音才不會走調，烏瑪索仍極力保持冷靜的態度說：總之恭喜你們了。

因為生寶寶是我們長年來的心願。

丈夫這麼回答，一旁的妻子臉紅點頭。

雖然銀行那邊禁止與提供者碰面，畢竟你是即將誕生的孩子生父。妻子說，不向您道謝的話，我們會很過意不去。

不用這麼客氣啊，我也只是靠這個賺錢而已。

烏瑪索小心扮演「種馬」角色。

或許是這樣沒錯，但是站在我們的立場，您就像是伸出援手的神。真的非常感謝。丈夫說。

妻子甚至眼眶含淚，令烏瑪索感到激動。欺騙雖然令人痛苦，以結果來說，若是能成為這對陌生夫妻的救贖，倒也不是壞事。

我們已經結婚五年了，真的是拚了命地瘋狂工作，好不容易存了一筆錢。您能明白嗎？丈夫說。

我明白。辛苦兩位了。

不是我要自誇，確實如此。現在這個時代，大家都用這種方法生小孩，換句話說，該怎麼說呢，正因為是這樣花錢買來的東西，難免會比較謹慎。

您說得是。烏瑪索再次慢慢點頭。

之前也差點被冒牌貨給騙過，因為有過那樣的事，這次我們非得成功不可。

這點請不用擔心。

烏瑪索一邊這麼說，一邊感到背上冷汗直流。那是禿頭的種，說不定會生出禿頭。烏瑪索死命假扮種馬。

剩下的只能祈求上天了。我也會幫忙祈禱的。

事實上，烏瑪索確實在內心祈禱，希望別生出禿頭。

那位丈夫再三鞠躬道謝，臉上卻是欲言又止的表情。烏瑪索也察覺到那個意思了。丈夫說：

內人人工授精失敗了兩次。當時的精子是跟人類重生銀行買的，總覺得很可疑，不免猜想是不是被騙，說不定買到了便宜貨。銀行方面當然是不承認，那之後也只會扯機率問題之類的官方回應。想想也是吧，要是承認精子本身有問題，影響的可是公司信譽。不管怎麼說，一切都只發生在試管內，顧客就算被騙買下便宜精子也不可能知情。您應該聽說過吧？最近市面上有些劣質貨橫行，聽說是用好幾種不同精子混合，藉此提升濃度，或是在履歷書上造假。所以這次我們才會換一家銀行，改跟奧利佛交易。

奧利佛負責的那位窗口，記得是一位叫歐阿薩姆．伊奇洛夫的先生，他是個非常為客戶著想的業務。妻子這麼說。我們很信任他，只是呢，精子這種東西畢竟不便宜。

這件事實在難以啟齒。丈夫說。若您能讓我們確認一下就太感謝了。

確認什麼？履歷嗎？

拍照時，歐阿薩姆曾要烏瑪索把履歷上的內容背起來。當時雖然確實記住了，現在卻有點擔心記憶不牢靠。履歷書還在房裡就是了。
那位丈夫說：
不，不是的。那個……把那個……
那個？
就是，我們想看一下你的那個是否正常……
烏瑪索還是一頭霧水。難道有某種自己不知道的確認方法嗎？忽然不安了起來。
請問……您說的確認是指……
是的，就是希望您讓我們看一下。
看什麼呢？
就是那個。
…………
那個是哪個呢……烏瑪索側首不解。
哎呀，啊哈哈哈。丈夫笑了。實在很難說出口。
一旁的妻子頰上還帶著淚光，朝烏瑪索投射的眼神卻很犀利。那視線投射在他雙腿之間。漸漸地，烏瑪索終於明白這對夫妻的意圖。他們拜訪的目的，是為了確認烏瑪索的陰莖。

烏瑪索說「抱歉，我告退一下」，起身裝作要上廁所，回到自己房間。打開歐阿薩姆寄來的信，確認當時收到的檔案資料。

姓名：阿塔岡・納茲特
出生地：伊羅摩亞州那傑羅索
畢業於：奧優克特大學
專長：游泳

不，這些事已經不重要了。自己到底在做什麼。烏瑪索緊張得手發抖，得想辦法克服這個難關才行。用顫抖的手摩挲雙腿之間，烏瑪索在房內來回踱步。

對了。打電話給歐阿薩姆吧。歐阿薩姆一定有辦法應付。說到底，那對夫妻直接跑來找精子提供者，顯然已違反合約規定。

此時，門被人打開，回頭一看，那對夫妻就站在門口。

請問，怎麼樣呢？丈夫說。

咦？

不、您該不會……我們是想，您該不會想打電話給精子銀行吧？

欸？沒……

拜託了，我們也很拚命。

要是您打了電話，我們就會拿不到精子。妻子說。

原來如此，烏瑪索暗忖。原來有這種規定。

只要一下就好了。只要讓我們瞄一眼，我們就能放心。妻子這麼說著，視線緊盯烏瑪索兩腿之間。

兩位請回好嗎？烏瑪索語氣嚴正。如果是想確認的話，請透過銀行那邊辦理。

丈夫說，真的只是想讓自己放心而已，請讓我們看看好嗎？

難道說我每賣一次精子就得讓人看一次嗎？非常抱歉，我可沒有這種嗜好。

您說得是。但是真的只要一下就好，看一眼我們就立刻回去。

請現在立刻就回去，否則我要通報銀行了。

妻子從旁插嘴。這個人好像有什麼不可告人的事。

烏瑪索憤慨激昂地說，如果你們這麼想的話，請放棄我的精子，去找別人買吧。請回，想買的人還多的是。就算你們不買，還是能幫到別人。哼，第一次看到像這樣沒禮貌的夫婦。

妻子臉色一變，抓住丈夫手臂。老公！這人果然有問題！

丈夫一邊安撫妻子，一邊再次轉向烏瑪索。

請體會我們的心情，內人做了兩次人工授精都失敗了。

這我剛才聽說了，也能理解你們為何這麼神經質。但是，規定就是規定。唯有保護彼此隱私權，我們當種馬的才願意接下這麼討厭的任務。像你們現在這樣直闖提供者的家，這件事本身就違反規定，想必你們也心知肚明。就連讓你們繼續待在這都是出於我的善意，而你們竟然叫我露出下體給你們看？還有比這更失禮的事嗎？

你才什麼都不懂。妻子反駁。你知道對夫婦而言，孩子有多重要嗎？

別說得那麼好聽。說到底，你們的目的還不是想領給付金？結果就是愛錢嘛。說什麼拚命瘋狂工作，說穿了，還不就是那麼回事。

太過分了！妻子雙手摀住了臉。

我們不一樣。丈夫辯解，我們純粹只是想要孩子。

哈！真敢說。純粹只是想要孩子的話，為什麼要買我的精子呢？想必精心挑選過吧？我認識的「種馬」夥伴裡，就有一顆精子也賣不出去的人喔。明明是不錯的精子，只因為他禿頭就賣不掉。不介意的話，不如把他介紹給你們吧？

不是這個問題。

丈夫的臉色也變了。烏瑪索已超越忘我，進入被種馬生靈附身的狀態。他繼續說：

那我倒是想問你，如果生出有缺陷的孩子你會怎麼樣？如果動機只是純粹想要孩子的話，就算孩子有缺陷也會好好養大他嗎？

你要這麼問是嗎？那我也問你，有人會把那種孩子養大嗎？妻子反駁的語氣已帶點歇斯底里。

當然有囉。

極為少數吧。那種人是例外。

所以你們不屬於那極少數嗎？我想也是。以金錢為目的的人都是這樣的。一旦知道胎兒畸形立刻簽下墮胎同意書。聽說二十世紀的母親們，即使知道孩子有缺陷也不在乎，還是會好好把孩子養大。光是這點就值得尊敬。反觀最近的主婦，就像買到稍微脫線的洋裝便立刻拿去退貨一樣，用這種態度選擇、拋棄孩子的你們真可悲。

做父母的當然希望孩子健康啊。妻子說。

妳的說法不對吧？不是希望孩子健康，是希望擁有健康的孩子才對吧？你們祈求的不是孩子的健康，而是祈求自己能獲得健康的孩子。

這是同一回事。

完全不同。那禿頭算什麼？禿頭不健康嗎？

我不是那個意思！

我知道了。丈夫說。那種事和你無關，我們究竟有多麼想要寶寶，那些心情都和你無關。

沒錯，與我無關。我們彼此毫無關係。言盡於此，你們請回吧。

說得沒錯！

丈夫附和。

老公！

妻子拉住丈夫的衣袖。

不，這個人說得沒錯啊。丈夫這麼說。要不要買是我們的事，和你無關，提出那種要求真的很抱歉。

見丈夫二話不說放棄，妻子顯得有些不滿。

可是，老公……

夠了。打擾您了。其實我本來也想言盡於此，只是登門拜訪之後，我一直覺得匪夷所思，精子提供者竟然會住在這種地方。

丈夫環視狹小的房間，冷笑一聲。

這種地方又怎樣了？烏瑪索橫眉豎目。

沒什麼。只是以為「海明威」等級的種馬，應該住在更好一點的地方。

……不景氣啊。

噗！種馬也會不景氣嗎？是喔！

說不定會和這傢伙打起來，烏瑪索拉開椅子起身，那個丈夫也露出打算迎擊的表情。

妻子介入兩人之間。好了，別這樣，放棄精子就是了。

烏瑪索將對方特地帶來的點心禮盒交還那位妻子。

請拿回去。

打擾了。

烏瑪索和丈夫同時開口。

送兩人到玄關，妻子將從烏瑪索手中接過的點心禮盒交給丈夫。丈夫抱著那盒點心，一臉不悅地對烏瑪索深深一鞠躬才離開。

正要鎖門時，那個丈夫突然撞開門，用禮盒盒角朝烏瑪索太陽穴猛力狂毆。烏瑪索倒在地上，丈夫跨上來壓住他，對妻子大喊：

脫掉他的褲子！

妻子立刻解開烏瑪索的皮帶。烏瑪索雙腳踢踹掙扎，這女人的力氣竟是異常的大。

我連肝臟手術都做了，怎能就這樣放棄！

妻子狂亂吶喊，鬆開皮帶，拉下長褲，瞬間冒出一股蒸氣，使她不禁退縮。

這是什麼，怎麼會冒蒸氣？是種馬特有的標記嗎？

妻子因這意料之外的發展而錯愕，下一剎那，阿摩尼亞氣味竄入她的鼻腔。是尿騷味。

妻子忍不住掩鼻，定睛一看，這匹種馬怎麼穿著成人尿布。

為了防禦自己的陰莖嗎？可是為什麼用尿布？還是這人連上廁所都懶？或者只是個變態？妻子腦中一片混亂。

丈夫大喊，動作快！

妻子拉下有點濕軟的尿布，情不自禁摀住嘴巴，倒抽一口氣。指縫間發出低沉的哀號。

嘔唔！

怎麼了？丈夫探頭過來。

只見那裡有陰毛、有洞，卻沒有最重要的陰莖。

這是什麼鬼？

妻子大叫。這傢伙是什麼東西？

激動的丈夫站起來，憤怒之餘毫不留情抬起腿，朝烏瑪索腹部踢踹。

你這個怪物！

烏瑪索痛苦呻吟。轉頭一看，那個妻子的高跟鞋正往自己雙腿之間踩下。

不要啊！

比起丈夫踢的那一腿，妻子的高跟鞋造成了更大的傷害。

烏瑪索暈了過去。

被電話鈴聲吵醒，烏瑪索發現自己下半身完全暴露在外，身體依然倒在玄關處。勉強撐著昏沉的頭，拉起長褲，接起電話。是外婆伊魯戈打的，她說今天會晚一點回來，要烏瑪索自己解決晚餐。好。烏瑪索掛上電話。過了一會兒，電話又響了。就在烏瑪索正準備去醫院時。

烏瑪索？

嗯。

是我，歐阿薩姆。

……喔。

聽說精子賣出去了。

喔，這樣啊。

下個月匯款喔，你的銀行帳號沒變吧？

……嗯。

怎麼聽起來不太開心？

沒這回事。

既然如此就高興點啊。

那對夫妻剛才來過了。

什麼？不會吧？歐阿薩姆語氣都變了。你沒搞錯嗎？對方叫什麼名字？

啊，我沒問，忘了。

他們去幹嘛？

說要看我的老二。

咦？你給對方看了嗎？

我拒絕就挨揍了。現在正要去醫院。

烏瑪索再次淪落住院的命運。

隔天，睪丸腫得像氣球。烏瑪索雖痛得要死，卻又暗自欣喜。至於原因，因為男人只要那裡變大就高興。

歐阿薩姆來探病。

抱歉啊，都怪我多事，反而給你找了麻煩。聽說那對夫妻之前碰巧在路上看見你。沒想到真的會有這麼巧合的事，以後得更小心才行了。除了全額退費之外，還讓他們帶走一點封口費，這樣他們就喜孜孜地回去了。真是一對愚蠢的夫妻，拿到一點小錢就開心得飛上天。要是正式提告，搞不好能拿回買豬時欠的錢呢。

一星期後，烏瑪索症狀惡化，被推進手術室切除唯一剩下的那顆睪丸。

烏瑪索不再是男人了。話雖如此，也並非變成女人。他失去性別，只能單純定義為人類。感覺就像變成機器人或是陰陽人。

……陰陽人。我是陰陽人。

出院後，在家療養的烏瑪索無法靠自己小便。每天護理師會從醫院來幫他導尿兩次。

烏瑪索持續與劇烈疼痛搏鬥。

過了一個月，烏瑪索漸漸能自己走動。接連下了一星期大雨，關在房間裡的他一直想死。不久，大雨慢慢停了，他從床上起來，獨自披上外套。

大半夜的，你要上哪去？他對伊魯戈說的話充耳不聞，就這麼離開家。拿什麼臉去見伊魯戈，看到她的臉，自己大概會哭出來吧。烏瑪索決定尋死。

晚上十一點。烏瑪索一個人走在週日人煙稀少的街道上。幾乎所有商店都拉下鐵門，只有一間餐廳發出明亮燈光，看起來很熱鬧。隔著窗戶窺看，原來裡面正在舉行包場派對，氣氛迎向高潮。相較之下，自己益發悽慘落魄。

店內走出一個年輕男人，烏瑪索不假思索地躲進建築物縫隙間。玩隨機攻擊遊戲時養成的習性大概還在。

男人搖搖晃晃，踩著踉蹌腳步環顧四周，忽然跑進烏瑪索藏身的暗巷。烏瑪索趕緊面壁裝成小便的樣子。

嘿，好冷喔。

男人說著，刻意走到他的身邊，也開始站著小便。烏瑪索裝成要先離開的樣子，出其不意從背後扣住男人。這天的烏瑪索比往常更兇暴。

你這混帳！竟敢把尿撒在別人褲子上，喂！說說你要怎麼賠償啊，怎麼？你的老二怎麼小得跟蛆蟲一樣！

烏瑪索將男人壓倒在地，抓著他的臉按進摻了尿液的水窪，再朝對方側腹狠狠踢了好幾腳。男人不住嗆咳。

參加什麼派對，很了不起是吧！

對男人吐了幾口口水，烏瑪索走出暗巷。倒楣的是，這下正好和結束派對，走出店外的一群人撞個正著。判斷這時拔腿就跑反而顯得不自然，烏瑪索決定裝作若無其事的樣子慢慢走開。殊不知這是個錯誤的決定，早知道就該用跑的才對。有人從背後叫住他。

烏瑪索！

是市長的女兒——伊瑟涅特．史邁留。

喔，嗨。

好久不見了呢。

妳來參加派對？

是啊，慶祝大學畢業。

這樣啊，妳畢業啦。

對……聽說，你被調職了。

欸？嗯。

對不起，一定是爸爸做的好事。

別這麼說，不用介意，妳還好嗎？

還好……你呢？

嗯，還可以。

那太好了。

有空再通電話吧。

嗳、烏瑪索。

抱歉，有人在等我。

是喔？

對。

烏瑪索——

什麼？

我過陣子要動手術。

什麼的？

肝臟移植。

……是喔。

你明白這代表什麼意思嗎？

明白啊。移植豬的肝臟對吧？很貴喔？

不是這個意思啦。

那是什麼？喔……我懂了，妳要結婚了是嗎？

對，抱歉。

恭喜妳。

真的很抱歉。

別道歉啊。

因為你連手術都為我做了，我卻……

不用介意啦，那個已經恢復原狀了。

咦？

手術好像沒有做好，掉了。

什麼掉了？

就是……已經……說真的，忘了我吧。

掉了是指什麼？怎樣掉了？

我沒時間了……

哎呀，對不起。

我再打電話給妳。

你沒辦法吧，我打給你。

這樣啊，也是啦。

下次找時間好好見個面吧？

妳不是要結婚了？

這跟那是兩回事。

我真的得走了……

啊，抱歉抱歉。噯，烏瑪索……

背後傳來騷動。肯定是那群人發現一起開派對的夥伴倒在暗巷中。喂！你沒事吧？振作點！聽得見這樣的聲音。

咦，發生了什麼事？

越過烏瑪索的肩膀，伊瑟涅特朝道路另一頭望去。烏瑪索沒有回頭看，眾人的騷動聲不知為何正往這邊接近。喂！發生什麼事了！總之先把他扶回店裡！那些聲音愈來愈近，剛才那個男人被攙扶過來了，眼角餘光瞥見那個身影。糟了！烏瑪索焦慮起來，得快跑才行。

那，下次……

烏瑪索親吻伊瑟涅特的臉頰。

烏瑪索，我真的直到現在還……

沒有時間了，烏瑪索拔腿就跑。伊瑟涅特抓住他的手。

等等！烏瑪索！

回過頭時，烏瑪索正好與對面的被害人四目相接。那男人下垂的手忽然舉起來，指向烏瑪索。

就是那傢伙！誰快把他抓起來！

咦？

伊瑟涅特露出錯愕的表情。

烏瑪索想甩開她的手，男人大喊「別放開他」。伊瑟涅特也因為話只講到一半，沒理由放手。

什麼事？怎麼了？烏瑪索。

烏瑪索不顧一切轉動手臂，硬是甩開伊瑟涅特的手。然後他跑了，每踩上石板路一次，雙腿之間就是一陣悶痛。搞不清楚從哪裡跑向哪裡，回過神時，自己已在運河旁的道路上狂奔。因為連日不停的雨，運河裡滾滾濁流翻湧。正好，那就死在這裡吧。因著這突如其來的念頭走上橋時，發現那裡已有人先來一步。一個中年男子，露出想自殺的表情窺伺橋下。

喂。烏瑪索對男人說，你在做什麼？

這麼一來，男人立刻跨上橋邊的欄杆。

別礙事！跟你無關！

我不會阻止你的，想死就去死啊。

哼！我才不會上這種當，你現在說這種話，最後還不是想拉住我。

不是那樣的，不想死的話就先閃邊啦，你才礙我的事呢。

什麼啊，講得這麼冠冕堂皇！我的痛苦你哪會明白！

烏瑪索嘆口氣。其實不想被任何人看到，但這男人占著茅坑不拉屎也讓人不高興。於是，烏瑪索一個助跑，跨上欄杆。

別妨礙我！

男人大叫，烏瑪索往濁流縱身一跳。一邊往下掉，一邊想起身上還穿著尿布。不過，撞上水面的瞬間，連這件事也拋到腦後了。烏瑪索的預測只到這裡為止。在他的預測中，從橋下跳下去，撲通落水，接著就是死。

然而，現實並非如此。自己還活著，外套裡的空氣令身體無法立刻下沉。河裡的沉澱物惡臭撲鼻。嗚哇！真難受！雙腳舞動掙扎，但是踩不到地。嗚哇！要溺死了！

救救我！

烏瑪索發出吶喊。

救救我！

被濁流沖走的烏瑪索，好不容易抓住下一根橋墩。

這時拯救他的，是剛才那個企圖自殺的男人。男人立刻打電話求援，成了烏瑪索的救命恩人。幸運地趕來的救難隊吊起烏瑪索，就此撿回一條小命。

拜你之賜，我重新考慮過了。其實我和老婆離了婚，小孩被她帶走，留給我的只有欠精子銀行的分期付款。

烏瑪索差點把口水吐在救命恩人臉上。

第十章
亞拉哈坎夫妻事件經緯

用高跟鞋踩烏瑪索罣丸的女人叫阿米拉。醫生告訴阿米拉，她頂多只能再做一次人工授精。

阿米拉噙著眼淚訴說，只要能獲得寶寶，自己的身體變成怎樣都沒關係。

醫生面有難色地說：

當然也擔心妳的身體，不過原因不光只是這個。污染濃度又提高了，現在的數值已經在不合格邊緣，到了明年檢查時，應該完全不會過關了吧。不可能通過的，就算生了小孩也拿不到給付金。我所謂的只剩下一次，指的是這個意思。即使這樣妳還是要生的話，那就另當別論。

可是，不是可以那個嗎？阿米拉一臉無法接受的表情。不是那樣嗎？只要接受移植的話，污染濃度的數值就會下降吧？不是嗎？

阿米拉女士，妳已經接受了好幾次移植手術。肝臟、胰臟、脾臟和腎臟各兩次，肺和甲狀腺各一次。醫生說著望向病歷表。依我看來，是不太建議再移植啦。

為什麼？

要考慮到對身體造成的負擔啊。

這不勞您操心。

雖然在醫生面前逞強，但以目前家中的經濟狀況，再怎麼拚命也不可能有錢移植。醫生當然也很清楚這一點，所謂造成身體負擔什麼的，只是婉轉的說法罷了。過去的移植手術當然免不了一定程度的風險，只是事到如今，那些也都過去了。這類型的夫妻為了生小孩總會不斷進行移植手術，然後大都走上破產一途，可說已形成了社會問題。

可是考慮到身體的負擔，我看還是……不要再繼續比較好，醫生這麼說，如果可以的話，找個代理妳覺得怎麼樣？

您的意思是代理孕母嗎？

是的。

代理孕母不太考慮。因為那樣的話，我就無法盡到為人母的義務了。表面上這樣回覆，實際上的問題還是在預算。即使可以請精子銀行介紹代理孕母，行情跟培育兩頭複製豬的價錢差不多。雖說也有私下接受委託的代理孕母，除了必須和醫師聯手偽造文件，放高利貸的多半也會來插一腳。這種情形大家都知道，醫生自然不會不明白。

話是這麼說沒錯啦，可是阿米拉女士……亞拉哈坎夫人，要不要暫時休息一下呢？先休息個三年左右再回來試看看？

聽了這番話，阿米拉差點哭起來。要是可以的話，誰不想休息呢。但那是不可能的事，一旦休息，欠的錢就還不出來了。阿米拉現在立刻就需要小孩。

我說，醫生……還是移植吧。

這樣是嗎？那麼，請先辦理培育複製豬的手續。

辦好培育一頭新複製豬的手續後，阿米拉離開醫院。

她的丈夫庫斯涅克已呈半放棄狀態。這個女人說不定不行了，開始這麼想的庫斯涅克愈來愈晚回家。等待深夜未歸的丈夫，從窗簾縫隙間窺看黑夜的阿米拉感到難以言喻的不安。

庫斯涅克在公所工作，他開始約每個年輕單身的女職員吃飯，想從中找尋下一個母體，最後鎖定了其中一位女性。明明每天都要經手許多結婚證書和離婚證書，這位女性仍對婚姻懷有單純的嚮往，是名宛如二十世紀大家閨秀的女孩。她的雙親從事自營業，家裡應該也有不少財產。庫斯涅克拜託在稅務署工作的損友幫忙，偷偷弄到她家的報稅單影本，從所得數字推算能做多少次人工授精。

三次應該跑不掉吧。

庫斯涅克暗中竊笑，打著花光別人家財產的如意算盤。

再來只要將目前欠的債推給妻子，再和她離婚就好。不過，她會願意離婚嗎？哼！不同意也要她同意，那傢伙連個小孩都生不出來。

結婚至今十年，阿米拉很清楚庫斯涅克是這種個性的人。

不知道他會對自己做出什麼事。不，其實是知道的。他會把債務推給我，然後將我拋棄。

或許是這樣的壓力，推動阿米拉做出後來那驚人的舉動。

辦好培育豬的手續，離開醫院後，阿米拉在回家路上遇見推嬰兒車的兩個女人。其中一個大概剛生產完，為了重新鍛鍊鬆垮的身體，身穿全套名牌運動衣。另一個女人滿臉皺紋，一頭白髮。兩人五官長得很像，應該是嬰兒的母親和外婆吧。在現在這個時代順利獲得第三代的這對母女，看在阿米拉眼中，就像特地出門炫耀這件事。

很快地，那兩人到家了。

兩人把孩子放在原地，先將行李搬進家門。當她們再回來時，只看到倒地的嬰兒車。

阿米拉抱著嬰兒狂奔，一看到計程車就伸手攔下。之後的事記不太清楚了，回神時，已經在自己家裡，眼前是躺在沙發上哇哇大哭的嬰兒。阿米拉把孩子留在家中，出門去買奶粉。在超市裡選擇架上的奶粉時，同時感到難以言喻的不安與有生以來第一次的母性。

回到家，嬰兒還在哭。

抱歉喔，阿亞坎，馬上就餵你喝奶。

阿米拉趕緊燒開水泡牛奶。

奶嘴才剛塞進嬰兒口中，他就立刻專心喝起牛奶，彷彿剛才的啼哭是一場玩笑。

這天庫斯涅克也晚歸了。看到抱著嬰兒出來迎接的妻子時，庫斯涅克驚訝得張大嘴巴。

我朋友去旅行，請我暫時幫忙照顧小孩。

哪個朋友？

阿爾札克，應該有說過吧？我高中同學。

喔，我知道。

雖然沒見過面，但阿米拉經常提起這個人。庫斯涅克對她說的話毫不起疑。

小孩叫什麼？

叫阿亞坎。

阿米拉早就偷偷想好，等自己有小孩時就要叫這名字。

阿亞坎，這名字真不錯。阿亞坎．亞拉哈坎，唸起來真順口，簡直像我們家的小孩。

突然降臨的天使具有不可思議的魔力，把庫斯涅克也變成了好人。庫斯涅克莫名地期待回家，漸漸地，回家的時間也愈來愈早。起初還不太敢碰嬰兒，習慣之後就想碰得不得了。忍不住逗弄睡著的孩子，害他哭得像火燒屁股，這時只好求助阿米拉。

真可憐，都是爸爸壞壞。

只要阿米拉一抱，嬰兒就放心地含著手指睡去。看到他的臉，庫斯涅克腦中隨即不由分說噴出多巴胺。這孩子真是太可愛、太可愛了，不知不覺咬緊牙根。

真是的，看到就想把他吃掉。

你在說什麼啊，怎麼能吃呢。

那天，庫斯涅克在職場上追求的那位女性，偷偷在他抽屜裡放了紙條。這陣子的不理不睬，大概讓她氣炸了。庫斯涅克約她在樓頂碰面，隨便扯了些藉口，說現在父母來訪，不快點回家爸媽會嘮叨抱怨。

沒想到，對方要說的不是這件事。

聽說你只要是女人都好，和每個人都約吃飯是吧？女人說。你到底想怎樣？

那種事是聽誰說的？

是誰都無所謂吧？反正是跟你吃過飯的某個人。

確實是有過那樣的事，但是我敢發誓，認識妳之後就沒那麼做了。

是嗎？那最近又是怎樣？每次約你都拒絕。

剛才不是說了嗎？我爸媽來啊。

這肯定是你隨口亂說的。女人眼眶含淚。請不要玩弄我，如果只是想玩玩的話請去找別人。

說什麼玩弄，連妳的手都還沒牽過吔。儘管庫斯涅克這麼想，還是猜到她的心意了。原來如此，她在等的是那個吧？

女人雙手抓著欄杆遙望遠方景色，庫斯涅克摟住她的肩膀。女人縮了縮身子，並未拒絕。他輕撫她的頭髮，輕撫她的臉頰，低頭看她的表情。女人臉紅到脖子，眼睛濕潤。接下來，庫斯涅克毫無困難地突破接吻這道關卡。

那天，和她簡單喝幾杯後道別。從那天起，臨別之吻成了兩人之間的儀式。隨著關係日漸加深，庫斯涅克心情愈來愈沉重。這不對勁，原先是那麼想把這女人追到手，現在卻只想趕快回家哄阿亞坎。

不久，報上刊載了嬰兒遭人綁架的新聞。報導中提到，警察判斷犯人目的並非贖金，因此決定公開消息。

聽說這附近有嬰兒被綁架。庫斯涅克邊打開報紙邊說。犯人也真傻，偷來的嬰兒又不能領給付金。

會不會是失去小孩的母親下的手啊？抱著阿亞坎的阿米拉說。一定是這樣啦。

或許喔。庫斯涅克點點頭。妻子的假設在心中迴盪不去。失去小孩，那該是多麼痛苦的一件事。

嬰兒在阿米拉懷中香甜酣睡。

庫斯涅克久違地緊握阿米拉的手。

真希望哪天也能有我們自己的孩子。

……是啊。

事情發生在某個星期天下午。妻子外出購物時，庫斯涅克自己在家逗小孩玩。聽到門鈴聲響，門一打開，幾個警察鞋也不脫直闖進來。庫斯涅克一頭霧水，看了拘票才知道自己成了綁架嬰兒的嫌疑犯。

不，這孩子是我老婆朋友的……

警察充耳不聞，很快將庫斯涅克銬上手銬帶走。

嬰兒回到親生父母身邊，由國家指派的律師為庫斯涅克辯護。

是我老婆幹的，我什麼都不知情。我老婆呢？讓我見她！

庫斯涅克對律師激動辯解，衝動之餘還敲了兩人中間的隔板，結果被守衛從背後扣住雙手。我雖然同情你，但……律師從提包中取出調查資料。

你的妻子已經死了。聽說她自己衝去撞卡車。

和守衛扭打成一團的庫斯涅克沒聽清楚律師說的話，直挺挺地坐在椅子上睥睨對方，然後忽然向後仰頭。看他這樣的態度，律師誤以為庫斯涅克的意思是「老婆死了又怎樣」，於是便皺起眉頭，用嘲弄的語氣說：

半年前奧那岡[1]州也發生過類似事件呢。一對夫妻因偷走別人的孩子，還對政府提出偽造文書而遭逮捕。檢方應該會舉這起事件為例證吧，正如你所說，執行者或許是你太太，但若教唆者是丈夫的話，你也一樣有罪。一旦法官視你為主嫌，刑罰甚至會比太太重。

我什麼都沒做。

是嗎？就算沒指使她去偷嬰兒，一定有要求她生吧？

當然，她是我老婆啊。與其說要求她生……應該說想要小孩……我們一直都……

庫斯涅克有點語塞，律師清清喉嚨，打開資料夾。

你太太人工授精……

做過兩次。

兩次都失敗。

……對。

肝臟、胰臟、脾臟和腎臟都移植過兩次，肺和甲狀腺各一次。

……是。

之前曾經發生妻子用菜刀刺殺丈夫與婆婆的事件，這起事件也和小孩有關。被告原本遭求處死刑，後來只判三年徒刑，五年緩刑。原因是丈夫和婆婆持續強迫她進行人工授精，導致她身心俱疲。這種例子並不罕見，很常見。陪審團往往傾向採信這種事。因此我希望能將案情解釋為，因為你強迫太太生小孩，導致她壓力太大，精神失常而綁架了別人的嬰兒。為了幫助你無罪獲釋，案情必須如此解釋。

我不懂。

如果不朝這方向解釋的話，官司就打不贏。一旦你被法官視為主嫌，至少得關上十年

1 拼音反過來後近似「Nagano」（長野）。

才出得來了。

十年？這麼久？

你也不想吧？

請問……我老婆……你也會為我老婆辯護嗎？

你在說什麼啊？剛才不是說了嗎？你太太已經死了。

……咦？

你沒聽到嗎？

……什麼時候？

剛、剛才。

……剛才死了？

還是你想問她是什麼時候死的？是昨天，下午兩點。地點是二十三號大道和烏拉蓋斯大道的十字路口。她自己衝去撞卡車。

庫斯涅克緊握雙拳，敲上隔板。

你騙人！

真的啦，剛才不也說了嗎？她自己衝去撞卡車，原來你沒聽見。

庫斯涅克瞬間虛脫無力，自己的刑責已經不重要了。

律師大吃一驚。

原來你真的愛她。光看你剛才的態度，還以為你是吃軟飯的呢。

吃軟飯這個詞原本指的是靠女人養的男人，近來演變為到處利用女人生小孩的男人俗稱。換句話說，這個詞指的正是庫斯涅克這種男人。

沒錯，我就是吃那傢伙的軟飯。還曾想過既然她生不出小孩，就去找下一個女人吧……

在律師的盡力辯護下，庫斯涅克很快獲釋。然而，這起嬰兒綁架事件的始末，在八卦新聞節目上接連喧騰了好幾天，庫斯涅克不得不辭去公所的工作。他主動提出辭呈，告別服務多年的職場。回到家，被警察登門搜索得亂七八糟的家等著他收拾。阿米拉的照片上還留有警察的鞋印，令人看了心痛不已。庫斯涅克用襯衫擦去照片上的泥巴，腦中忽然浮現阿亞坎的名字。

庫斯涅克情不自禁跪倒在地，淚水落在阿米拉照片上。

離開城裡的前一天，庫斯涅克接到醫院打來的電話，說是豬培育好了，隨時可以移植。

這時庫斯涅克才知道，妻子不知什麼時候去做了一隻新的豬。

庫斯涅克前往醫院，見到了那隻豬。那傢伙還是隻小豬，只為將臟器移植給人類而生的可憐小東西。庫斯涅克說想收養那隻豬，這讓醫院很為難。雖說是豬，牠的用途只是移植啊。

阿米拉的主治醫師也來了。

收養這隻豬要做什麼？

我老婆死了，想當成她的遺物。

亞拉哈坎先生，複製豬只能用在醫療上，不能帶出去啊。

到最後，連院長都來了。

不能通融一下嗎？這是有我老婆ＤＮＡ的豬，應該說，這傢伙就等於我老婆。

豬在腳邊團團轉，即使繼承了阿米拉的ＤＮＡ，怎麼看都只是一隻豬。

院長說，好吧，就答應你了。這隻豬應該也希望能這麼做，請好好照顧牠。

醫生在豬脖子上套上項圈，庫斯涅克牽著牠走出醫院。風裡滿是沙，庫斯涅克皺起眉頭。出乎意料的是，一直生活在無菌牢籠內的豬，竟然像隻真正的豬一樣活下來了。走到大馬路上，豬像是有牠自己的目標，不斷朝前方小跑步。庫斯涅克被他這麼一拉，明明不趕時間也跑了起來，惹得路人好奇回頭。庫斯涅克差點笑出來。

就算說是投胎轉世……也一點都不像妳。

捲著小尾巴，豬屁股忙不迭地左右搖擺。那圓滾滾的屁股和清瘦的阿米拉毫無相似之處。

第十一章
朱諾姆

掉到橋下那個夜晚的隔天，烏瑪索又回到流放地工作。他已經不再想死，同時也不再想活著的事。自己只是個警衛，這樣就夠了吧。烏瑪索決定這麼想。

還沒有人來接葛尼克的職位，好一段時間，烏瑪索必須獨自值勤。根據總部的報告，要在兩週內找到人接手是很難的事。這件事造成了烏瑪索的焦慮。原本自己看守正面大門時，西側門有搭檔看守，自己看守西側門時，大門有搭檔看守。這是基本隊形。現在基本隊形崩解了，這事令他難以忍受。彷彿某種美好的秩序遭到破壞，烏瑪索快找不到自己站在這裡的意義了。

兩星期過了，第三個星期，接任者仍未出現。烏瑪索打電話詢問，總部負責這件事的人態度非常不友善。

不要每天打電話來，只要決定了，自然會聯絡你。

我明白了，非常抱歉打擾您。

話雖如此，隔天烏瑪索又打了電話。

不好意思，光靠我一個人還是很吃力，拜託請想想辦法。

已經送件給人事單位了啊，我們這邊除了等待回應，也不能做別的事。

這樣啊，我知道了。

每次掛上電話，強烈的不安都會襲擊烏瑪索。該不會接任者永遠不來吧？這樣的猜疑一整天折磨著他。

隔天，他打了電話給那位不友善的負責人。

只我一個人值勤，無論如何都會有疏漏。下午在側面圍牆站崗時，如果正門有來訪者，我可能就會沒看到。

你是白癡嗎？不會四處巡邏？這樣還會看漏？

不，現在確實是這樣做沒錯。

那還有什麼問題。

烏瑪索有苦難言。應該要有更好的理由說服對方才對。現在自己明明正承受極大壓力，要是能將壓力由來說清楚就好了。然而，烏瑪索無法具體說明，只能默默忍耐。要是一不小心激怒那位負責人，不派接任者來就糟了。

某天早晨，遠方一輛汽車挾帶漫天塵埃而來。大概是原本想去海邊卻不小心迷路跑來的遊客吧，這種事很常見。遊客將車停在正面玄關附近，車裡坐著兩個年輕女人。副駕駛座上的女人打開車窗，問烏瑪索：

請問海灘怎麼去？

妳們應該是開錯路了，請轉頭開回國道，在前一個路口左轉。

這裡是幹嘛的啊？

國家機構。

做什麼的？

烏瑪索搖搖頭，用動作表示無法回應這個問題。

車裡的女人雞婆地多說了句「請小心身體」，然後揚長而去。

烏瑪索看著漸行漸遠的車，內心有些遺憾。就算來到這地方的人只是單純迷路的觀光客，他的心還是會單純地被牽動。而當人們離去時，他也總是會像這樣毫無理由地感到遺憾。

飛過天空的雲雀叫得急促，忽然之間失速掉進草叢。天空中的某處，傳來另一隻雲雀的鳴叫聲。

銀葉草叢上有海鷗低空飛行，大概是將隨風起伏的草原當成大海了。

一輛四輪驅動吉普車停在將草原一分為二的碎石路上。一群野狗悄聲躲在草叢中，漆黑圓滾的眼珠盯著兩個人影。

一個戴草帽的高個老人，和一個身上長了一圈贅肉的婦人，兩人正小心翼翼撥開銀葉草往前走，同時確認設置在草叢裡的小圈套。

三腳架上設置著相機，旁邊還有兩人的背包、折疊椅和鋁合金材質的器材箱等物品，聚集放在一處。

野狗繞行四周，一邊留意著不被兩人看見，一邊靠近那堆物品，試圖尋找食物。其中一隻狗發現一個鳥籠，鼻尖靠上去嗅聞。被捕獲的雲雀正在鳥籠中拍著翅膀掙扎。此時老婦人察覺野狗，大聲驅趕：

喂！不可以！

野狗們急忙逃入草叢中。

第二隻雲雀也中了圈套。老人拿掉圈套，小心不弄傷雲雀。接著，他拿起放大鏡觀察雲雀的腹部。婦人似乎很擔心那群野狗，顯得坐立難安。

會不會撲上來攻擊啊。

不會吧，還是要給牠們吃點東西？

老人將雲雀放回鳥籠，從背包裡取出麵包，撕成碎片朝野狗丟去。麵包屑引來一群海鷗，在半空中盤旋的海鷗，一一接住老人丟出的麵包屑。野狗們一直搶不到，老婦人看著有趣也跟著丟。漸漸地，四周愈來愈喧鬧。

不知不覺中，飛來為數不少的海鷗，在四周盤旋飛舞。

我是不是做了不該做的事？

儘管老婦人這麼說，還是繼續丟麵包。因為要是不這麼做，海鷗們恐怕會直接朝她的手俯衝下來。

我們去那邊吧。

兩人又撥開草叢，將狗和海鷗朝遠方誘導。

突然響起駭人的警笛聲。受到那聲音驚嚇，野狗和海鷗瞬間消失蹤影。兩人回頭一看，路旁停著一輛巡邏車。從車上下來的正是烏瑪索。

再往前是禁止進入區域喔，看到那裡拉起的繩索了吧？烏瑪索說。

繩索？老人環顧四周。沒看到那種東西啊？一邊說，一邊往後退，腳下似乎被什麼東西絆著，老人被絆倒了。

哎呀，你沒事吧？

在老婦人攙扶下踉蹌起身的老人氣得面紅耳赤，大聲咆哮。

誰看得見這種東西啊！不弄得讓人清楚看見怎麼行！

是擅自闖入的你們不對吧？烏瑪索說。

怒不可遏的老人一時之間說不出話來，猛力咳嗽，手還放在老婦人肩上，搖搖晃晃地後退了兩、三步。

請出示身分證。烏瑪索說。

兩人走回放行李的地方，烏瑪索也跟上來。兩人在包包裡翻找時，烏瑪索趁機窺看相機觀景窗。

喂！別亂碰！

老人一怒吼，烏瑪索便默默離開攝影器材。腳下差點踩到什麼，定睛一看，是關了雲雀的鳥籠。

你們這樣不行喔，這裡是禁獵區。沒看到那塊警示牌嗎？

我有許可證。

許可證？

老人把許可證和身分證一起交給烏瑪索。烏瑪索邊檢查證件邊說：

奧優克特大學教授……你們從奧優克特來的嗎？

是啊。

從事哪方面的研究呢？這裡的雲雀也是研究對象嗎？

是啊，沒錯。

捕捉雲雀這種東西，能做什麼研究？

老人從鳥籠裡抓出一隻雲雀，朝烏瑪索高舉。

你知道這傢伙是公的還是母的嗎？請作答。

老人對烏瑪索招手，示意他靠近一點。烏瑪索探頭窺看雲雀肛門附近的位置。

是公的還是母的呢……公的嗎？

不對。

那就是母的囉？

也不對。既不是公的也不是母的。

……喔，烏瑪索點頭。是陰陽鳥？

正確答案。不過陰陽鳥是歧視用語，正式名稱叫雌雄同體。

雌雄同體……

就是不男不女的意思。

老人把雲雀放回鳥籠。烏瑪索離開後，兩人爬到吉普車頂上，拍攝流放地。

那個人竟然能在這種地方工作。老婦人說。

嗯，他大概不太清楚吧。老人說。

外婆伊魯戈死了。將遺體火葬後，烏瑪索已無悲也無喜。外婆是幸福的，死掉的人是我。那天是星期天，雖然沒有義務出勤，因為也沒別的事可做，烏瑪索下午便前往職場。純粹出於心血來潮。

正門右側是自己平常站崗的地方。因為警衛們長年站在上面，只有那處長不出一根雜草。放假日來工作也不錯，烏瑪索穿著喪服站上去。總覺得不太對勁，就從值班室置物櫃裡拿出警帽戴上。這麼一來，心情才莫名穩定下來。

海鷗在夕陽染紅的空中飛舞。海風吹拂下的銀葉草如波浪般緩緩起伏。

這裡是個好地方。

烏瑪索試著低聲說出口。

這裡是個好地方。

有什麼橫過視野右側。回頭一看，是個戴棒球帽的少年。烏瑪索非常驚訝。因為，如果沒看錯的話，少年剛才是翻越大門出來的。換句話說，在這之前，他一直待在設施建築內。

看到烏瑪索，少年似乎也相當驚訝，一臉疑惑地朝烏瑪索張望。這少年很眼熟，是先前那群少年中帶頭的傢伙。這是千載難逢的好機會，現在一對一，要教訓他就趁現在了。

喂，你在裡面做什麼？

少年忽然攀上鐵欄杆，翻越大門往下跳，再次逃入設施境內。烏瑪索緊張得背上寒毛直豎，腦中浮現警備綱要裡的句子。

「如有人未經同意侵入設施，應儘速要求對方離開。」

烏瑪索隔著大門往內看，少年也正在窺探這邊的狀況。

喂，給我出來！

才不要。

烏瑪索暫時撤退回值班室，走進後方倉庫。取出一把來福槍，裝填子彈，再迅速回到大門前。少年還在同一個地方。看到槍應該很驚恐吧，不過距離太遠了，從烏瑪索的位置看不清他的表情。

出來！

烏瑪索舉起槍，對少年喊話。

少年動也不動，說不定是嚇得無可動彈了。烏瑪索大喊：

手舉起來！

少年依言高舉雙手，朝烏瑪索走來。烏瑪索從掛在腰上的鑰匙串裡找出大門鑰匙，插進生鏽的鎖孔，費盡渾身力氣才得以轉動鑰匙。另一隻手依然拿著槍，打開門鎖後，將鎖鏈解開，正想推開門時，卻因為門片鉸鍊生鏽，沒辦法順利推開。又推又拉地嘗試之間，感覺到少年走近身邊的氣息。抬頭一看，少年赫然就在眼前。烏瑪索嚇得舉起槍。

別開槍。

少年這麼說，卻往槍口前一站。烏瑪索怯懦了，萬一不小心扣下扳機，後果將不堪設想。就在腦中閃過如此思考的瞬間，少年抓住槍管用力拉。槍滑出烏瑪索的手，穿過鐵柵欄，落入少年手中。

喂，還給我！

不准動！手舉起來！

少年手中槍口對準烏瑪索，烏瑪索只好舉起雙手。

喂！那東西很危險，快還給我！

少年露出可恨的笑容。

嘿嘿。

你想怎樣？

沒怎樣，這個我收下了。

不行。

我開槍喔。

……好吧，那你開一槍試試。

咦？

沒關係，要開可以，只是你得朝那個方向開槍。

烏瑪索指向銀葉草叢。少年大喜，將槍舉起來。然而，一到真要射擊的階段，他又顯得很緊張。

小心點喔。

我知道啦。

那一瞬間，少年不小心扣下扳機。隨著驚人的聲響，子彈飛出槍管，少年因反作用力向後跌倒。為了趁他一屁股跌坐在地時搶回槍，烏瑪索拔腿就要朝設施內衝。然而少年起身的動作更快，撿起槍，對準正在磨蹭推門的烏瑪索。

夠了吧，槍還給我。

烏瑪索為難地變臉。

不行，再讓我開一槍。

不行。

有什麼關係嘛。

裡面沒子彈了喔。

騙人。

少年朝草叢舉槍，夕陽將他帽子和臉頰上的細毛照成金色，使他看起來神聖地彷彿從天而降。烏瑪索不由得看呆了，直到乾硬的槍聲竄過草原。瞬間，烏瑪索產生魂飛魄散的錯覺。不、或許該說他產生了這個心願。

還給我，已經沒有子彈了。

烏瑪索說。

還有喔。

沒有了。

還有。

真的沒了，不然你對我開槍看看啊。

少年一雙大眼盯著烏瑪索。

來吧，開槍看看。你開槍沒關係。

烏瑪索攤開雙手。

少年戰戰兢兢，重新將槍對準烏瑪索。

裡面真的沒子彈了？

是啊。

那就算了。

少年放下槍。

開槍啊。

烏瑪索的聲音變得嚴厲。

可是裡面不是沒子彈了？

是啊，所以開也無所謂。

少年再次舉起槍，然後這麼說：

我問你，這是在玩吧？

是在玩啊。

少年躊躇了。

快啊，怎麼了？小不點？

萬一裡面有子彈怎麼辦？

怎麼可能有，是我裝的啊。

少年顫抖的手指扣下扳機。槍膛裡還有子彈，但那顆子彈只擦過烏瑪索腋下，擊中地面彈開。

少年丟下槍，跪在地上。

烏瑪索使勁渾身力量撬開門，終於進入設施內。撿起槍，隔著帽子撫摸少年抖個不停的頭。

抱歉囉。

烏瑪索隨手拿起少年的帽子，戴在自己頭上，並打算拿自己的帽子給少年戴。就在這時，他停下了手。少年淚濕的眼睛望向烏瑪索，那是一雙美麗如寶石的眼瞳。少年從烏瑪索手中搶走帽子，自己戴上。

你一個人在裡面做什麼？在那裡玩嗎？

因為今天是星期天啊。

少年自顧自地說著藉口。

又不是星期天就可以進來。

因為星期天你們就不在了嘛。

是這樣沒錯……出去外面吧。

烏瑪索帶少年走出設施外。然而，正要鎖上大門時，忽然莫名感到好奇。

小鬼，我問你，你總是在那裡頭玩嗎？

少年沒有回答。大概以為說了會被罵得更慘吧。烏瑪索換個問法，對他而言，這是直指核心的問題。

小鬼，裡面的狀況怎麼樣？

咦？裡面？

有什麼嗎？

……沒什麼……很普通啊。

普通是什麼意思啦。

就是普通的建築物……機械之類的。

你就在那種地方一個人玩嗎？

見少年不知如何回應，烏瑪索才發現自己問了個蠢問題。小孩子在任何地方都能玩。再說，不管裡面有什麼，這個小孩也不可能懂那些東西有何意義。烏瑪索放棄了，決定讓他走。

好，你走吧。別再來了喔。

少年不可置信地看著烏瑪索。

怎麼啦？

叔叔，你真的不知道裡面的事？
咦？對啊。
看來這個少年知道些什麼，這再度激起了烏瑪索的好奇心。
怎麼樣，說說看啊。
那裡面很嚇人喔。
很嚇人？怎樣嚇人。
你不可以告訴別人喔。
好啦。
真的？
是啊，我答應你。裡面有什麼？
人類的屍體。
騙人。
是真的。
烏瑪索不由得轉頭望向設施。怎麼想都覺得只是惡劣的玩笑。

我帶你去看。

少年這麼一說，便忽然跑了起來，朝大門上跳。

啊、喂！

少年縱身翻過大門，往下一跳，再次進入設施內。烏瑪索對少年提到的詞彙感到困惑。屍體……居然會有這種事？不過仔細想想，關於這座設施的事，自己的確毫無所知。當然，也沒有知道的必要，因為那並非警衛的工作。但是……

烏瑪索學少年爬上大門，跳進設施內部。罪惡感襲來，因為這麼做違反規矩。然而，終究無法抗拒內心的衝動。是因為裡面有遺體，不，是因為這個美少年逃進裡面了。究竟為什麼，烏瑪索自己也不明白。

進入設施內，烏瑪索首先為建築物的氣勢而震撼。不只那個少年，就算要烏瑪索說明關於這座設施的事，恐怕他也無法好好回答。老朽陳舊的建築看起來既像醫院，又像某種研究所，要說是發電所或工廠之類的地方也可以。不管怎麼說，烏瑪索既然不是專家，自然也無法理解。

不過，至少那少年說的是真的。

第一具遇上的遺體，是在通往某棟建築地下室的樓梯上發現的。裹著骯髒的毛毯，以蜷縮的姿勢滾落。遠遠看過去，根本分不出是否還活著，令人毛骨悚然。烏瑪索戰戰兢兢地走過去，從毛毯縫隙間窺看。只看得到凌亂長髮下的半張臉，早已完全化為白骨。

這是烏瑪索第一次看到以這種形式曝屍在外的遺體，但沒有想像中那麼可怕或震驚。雖然屍體已完全化為白骨，還是可以從服裝判斷，死者想必是個流浪漢。遺體四周有蘇打餅乾空盒、空的魚罐頭和抽過的菸蒂散落。他生前大概偷偷潛入設施，在這裡生活了一段時間。烏瑪索這麼解釋，少年卻持反對意見。

不是喔，這傢伙是個殺手，被黑道追殺才會喬裝流浪漢逃到這裡來。

同一棟建築的廚房裡，有其他流浪漢的遺體。

這傢伙是剛才那個殺手的搭檔。少年說。

在一個看似休息室的地方也找到一具屍體。儘管那怎麼看都是誤闖進來的流浪漢，少年卻有不同解釋。

這傢伙原本是這裡的警衛，辭去工作後住進了老人院，因為厭倦那裡的生活，又跑回來這邊。

這倒是有可能，或許真的是這樣。

聽到烏瑪索這麼附和，少年好像很高興。

下一具遺體就很奇怪了。少年推開人孔蓋，那具遺體就以頭下腳上的姿勢塞在裡面。

也有人躲在這種地方喔。

少年說。如果那副骷髏真是自己躲進去的，姿勢也未免太侷促。實際上應該是被誰推下去的吧，而且恐怕是遭人殺害之後。骸骨身上沒有任何衣物就是最好的證明。一定是兇手為了不讓人查明死者身分，將屍體身上的衣物剝除後遺棄在此。

少年補充了自己對這具遺體的解釋。

這傢伙是魔術師，在這裡練習魔術時逃脫失敗，就這麼餓死了。

接著，少年帶領烏瑪索去另一個地方。這次是建築物的地板下方。裝在麻袋裡的白骨沒有頭，顯然是遭人殺害的遺體。

這傢伙呢？

這傢伙是偷渡入境者。躲在麻袋裡，搭船入境，結果被成群老鼠襲擊，只有裝在麻袋裡的身軀部分沒被吃掉。
說不定真的是這樣。
也有只有頭的喔。
說著，少年帶烏瑪索去了廁所。一間隔間內馬桶蓋掀起，裡面裝著一顆頭骨，隔壁的馬桶裡則是另一顆頭。
這些又是怎麼回事？
這些是頭顱人。一出生就沒有頸部以下的身體，一吃完飯馬上就得上廁所，所以住在廁所裡。
少年撿起旁邊的小石頭，放進骷髏頭口中，石頭立刻掉進馬桶底部。
殺了什麼人想遺棄屍體的話，確實沒有比這座設施更不容易被發現的地方。畢竟，這可是連烏瑪索他們這些警衛都禁止進入的地方。烏瑪索驚愕得說不出話，做夢也沒想到自己看守了這麼久的地方竟是個棄屍天堂。
少年繼續帶烏瑪索往更裡面的建築物走。
這邊喔。

少年用力拉著一扇門，怎麼樣都拉不開。烏瑪索也來幫忙，好不容易才把門拉開。此時，背後一陣強風將兩人推進門內。

烏瑪索回頭看。

門一開就會刮風喔。

這是室內氣壓被調低的關係。為了防止室內空氣外洩，刻意降低建築物內的氣壓。他們兩人當然不可能知道這種事，但烏瑪索發現建築物內的空調還在運轉，不知是從牆壁內側還是天花板裡，傳出低沉的空調運轉聲。烏瑪索對此感到意外。

兩人穿過一道筆直的走廊，在盡頭處轉彎。在一個門上掛著「資料室」門牌的房間裡，烏瑪索發現一具奇妙的遺體。那是一具身穿洋裝，留著長髮，顯然屬於女性的遺體，臉部已成白骨。她坐在椅子上，姿勢看起來就像在打盹時死去。腳邊滾落的藥瓶說明了她的死因。是自殺。

大概是失戀了吧？

這傢伙是吸血女唷，白天睡覺，晚上會活過來吸人的血。

朝醫務室窺探，床上也躺著一具屍體。

這傢伙呢？

少年沒有回答。

這具遺體的主人逃進這裡後，肯定暫時在此生活了一段時間。四周散落各種東西，有空罐頭、酒瓶、紙箱、毛毯和生火的痕跡。看得出他曾住在這裡。

少年說。

這傢伙是個好人。

烏瑪索探頭去看躺在床上的屍體的臉。原本以為會是白骨，臉上卻還有肉。是毒水母喔。

咦？

烏瑪索再看了一次那張臉。因為成了乾屍的緣故，不容易判斷原本的長相，要說是葛尼克，倒也真有幾分像。這麼說來，他確實下落不明。

少年拉扯烏瑪索的衣袖。

還有，那邊也有喔。對面的建築物裡。

不，已經夠了。我們出去吧。

不想看嗎？

對啊。

兩人沿來時路往回走。

走出中庭後，烏瑪索坐在已乾涸的噴水池邊。少年撿拾樹枝，模仿高爾夫球揮桿的動作，橫掃地面的草。

少年拿著樹枝在地面到處刺，無意間發現噴水池的開關。打開蓋子轉動水龍頭，池子開始噴出水來。少年高興地轉頭看烏瑪索。雖然他已將水龍頭轉到底，老舊的噴水池出水仍不太順。

少年脫下鞋子，走進噴水池，開始踢水。

喂，那可是污染水！

就在烏瑪索朝少年這麼大喊時，伴隨驚人的聲響，地面也噴水了。原來是老朽的水管破裂導致。飛濺的水柱高高噴起，落到兩人身上。

少年大喜，故意跑到落下最多水花的地方。只見他身上的白襯衫漸漸染成咖啡色，烏瑪索低頭看看自己，襯衫沾了嚴重污漬。烏瑪索想告訴少年這件事，問題是水聲太大了，少年似乎沒聽見。無可奈何之餘，烏瑪索只好衝進大雨般的水中，把少年拉出來。

幹嘛啦。

你看。

烏瑪索指著襯衫，少年整件襯衫都變成咖啡色了。烏瑪索的也是。

嗚哇，髒死了。

水管裡都生鏽了啊。你這樣沒辦法回家吧。

無所謂。

頭髮淋濕的少年莫名豔麗，使烏瑪索心頭小鹿亂撞。像是察覺了這一點，少年抬眼窺看烏瑪索。那眼神就像女人誘惑男人時一樣。

少年抓起烏瑪索的雙手，按在自己胸口。瞬間，掌心觸碰到柔軟的隆起。

你是女的？

少年搖搖頭。

那……

烏瑪索解開鈕釦，手指滑入襯衫中，觸摸少年微微隆起的胸部。手指繼續解開鈕釦，默默往下移動。少年安靜地任由烏瑪索處置。另一隻手解開長褲皮帶，侵入襯衫中的手更加深入。最後摸入胎毛般柔軟的陰毛深處。

確認少年擁有不可思議形狀的性器官後，烏瑪索將手從襯衫裡抽出來。

……陰陽人。

烏瑪索用力抱緊那纖細的肩膀。少年沒有反抗，兩人滾倒在地。烏瑪索剝掉他的衣服，貪婪舔遍少年全身的肌膚。某種從未體驗過的熱力，從烏瑪索身體內側湧上。放開少年起身後，烏瑪索一陣暈眩，回過頭也無法正視少年的臉。

走吧，我們回去了。

烏瑪索轉身，朝設施大門走去。然而，少年並未跟上。他朝與烏瑪索相反的方向，往更深的地方去，迅速走得不見人影。破裂水管噴出的水不知何時止住了，回過神來才發現四下安靜無聲。得把他帶回來才行，烏瑪索追上少年，進入機房建物內。一片漆黑的寬敞空間中，隱約看見少年的白襯衫。

喂！

少年回過頭，下一瞬間，烏瑪索感到戰慄。在一股沒來由的恐懼襲擊下，烏瑪索朝少年所在之處走去。那裡有個巨大洞穴，少年正朝洞底窺看。

你看，很厲害喔，這裡。

洞穴深達數十公尺，掉下去肯定沒命。烏瑪索忽然揪住少年。少年驚訝地轉過頭，那張臉好美。這麼美的東西，真想破壞掉。烏瑪索抱住少年，扛起來，然後丟下。丟進那黑暗洞穴中。

少年身影看似以非常緩慢的速度落下，過了好久仍未抵達底端。慢慢往下掉的少年沒有發出聲音，就連撞上洞底時都沒聽見聲響。

死了嗎？

陰暗的洞底，只看得見白色襯衫。

死了吧。這麼深的洞。不過也沒辦法確認，烏瑪索就這麼逃離。逃出機房，朝正門狂奔。越過大門，鎖上門鎖。

回到崗哨上，烏瑪索仰望灰色天空發呆了好一段時間。究竟有多久呢，四下愈來愈冷。驚覺現在不是做這種事的時候，要是被發現就麻煩了。

回家吧。

烏瑪索跨上腳踏車回家。說服自己今天沒有來過這裡。內心升起某種奇怪的感覺，但在還未搞懂那是什麼感覺之前已經到家了。沖過澡，回到自己房間，點燃一根平常不抽的菸。接著，烏瑪索朝四周嗅聞了兩、三下。試著聞一聞香菸盒裡的味道，再試著聞一聞剛才脫下的襯衫味道。搓搓腋下，連手指的味道都聞了。什麼味道也沒有。

烏瑪索失去了嗅覺。再也沒有恢復。

第十二章
庭守之犬

隔天星期一，期待已久的新人開著一輛年久失修的國產車，遲到一小時才出現。這男人名叫沃柯邦．里密達魯夫[1]，有著開始稀疏的頭髮和滿臉鬍碴，鼻頭紅得發亮。一看就知道比烏瑪索年長。他自我介紹，說是第一次從事警衛工作。就立場來說，烏瑪索應該是他的上司，一想到部下比自己年長就有點憂鬱。再者，儘管原本那麼期待新來的搭檔，現在卻一點也不希望他來。因為這裡現在成了兇殺案現場，出現一個陌生人只會令烏瑪索忐忑不安。

總之，只能姑且強裝冷靜，對新來的沃柯邦．里密達魯夫簡單說明崗哨班表和警衛日

1 拼音反過來後近似「Vladimir Nabokov」，影射俄裔美國作家弗拉基米爾．納博科夫。

誌的寫法等事項。大約花了十分鐘結束說明後，沃柯邦仍一臉不滿。

怎麼了？

總部沒有跟我好好說明過，這座設施到底是幹嘛的？

原本是核電廠，現在封閉了。

那是總部的說詞吧？你竟然會相信這種話？萬一這裡是核廢料處理廠，你要怎麼辦？

不想幹就辭職啊。

哪可能這麼輕易辭職，好不容易才得到的工作吔。

既然如此，那就閉上嘴工作吧。先不管那個，上班時間已經超過一小時十八分鐘了。

嘖，你這傢伙也太老實了吧。

烏瑪索一陣氣血攻心，但也只能故作鎮靜。

你負責的崗哨在對面。

烏瑪索領著沃柯邦走向西側門邊的崗哨站。利用抵達前的這段長路，將勤務規定和緊急事態的對應方式說明了一遍，沃柯邦只是一副百無聊賴的樣子，左耳進右耳出。

那你加油吧。

懷著依然不悅的心情，烏瑪索勉強這麼鼓勵他。一回到自己崗哨上，立刻重重嘆了一口氣。

沒想到不一會兒，烏瑪索就發現圍牆另一頭飄出淡淡輕煙。

可惡，竟然敢抽菸。

嘖了一聲，烏瑪索離開崗哨，跨上腳踏車前往西側門。不出所料，沃柯邦蹲在地上一臉悠哉地吞雲吐霧。

你在搞什麼！

聽到這一聲，沃柯邦總算發現烏瑪索的到來，急忙捻熄香菸起身。一看他的腳邊，已經散落了好幾支菸蒂。

值勤時間禁止抽菸。

沃柯邦苦笑，搔搔眉毛說：

哎呀，別這麼咄咄逼人嘛，搭檔。

搭檔？誰是你搭檔，別胡說八道了。雖然比你年輕，我可是你上司，搞清楚狀況。

喂喂，這裡只有我們兩人啊。在這種地方是想怎樣？你是我上司，難道我是你跑腿的小弟嗎？

我只是想說，讓菜鳥隨便胡來我會很傷腦筋。希望你自愛，明白嗎？

是是是，我明白了。

烏瑪索再也不想和這男人繼續說下去，正打算回自己崗哨時，眼前的沃柯邦竟哼起歌來。那是什麼歌呢，歌曲並不成調。

喂，不准唱歌。

咦？我嗎？唱歌……？咦，我有嗎？

少裝傻了。

不，我真的沒發現。是真的。

算了，下次再唱，我就跟總部報告。明白嗎？

因為我哼歌很吵嗎？喂，饒了我吧，又不是小孩子了。

歌不是重點，是你不適任。我會這麼報告，如此而已。

沃柯邦的臉色微微改變。

喂，只不過是哼個歌而已吧。

你想哼就哼啊。反正我只要忍耐兩、三天，就當為你餞別。
你要去打小報告是嗎？你總是像這樣打搭檔的小報告吧？
這不是打小報告，在我報告總部前，已經先知會過你了。算不上是打小報告。
既然如此，那就來談談啊。一點小事也要報告上去的話，我很快就會被炒魷魚了。
我搞不懂你。既然不想被解僱，認真工作不行嗎？
沃柯邦苦笑著挺直背脊。
說得也是，是我不好。
別再哼歌了喔。
不用說那麼多次啦。問你一件事好嗎？
聽懂了嗎？
是，懂了懂了。讓我問你一件事。
什麼？
你不覺得無聊嗎？這份工作。
烏瑪索氣急攻心，感覺就像自己的人格被徹底否定。

無聊啊。去適應這個就是這份工作該做的第一件事，而我已經適應了。

拋下這句話，帶著無處可發洩的憤怒，烏瑪索當場離開。可悲的葛尼克，被烏瑪索奪走了生活圈。諷刺的是，現在輪到烏瑪索站在當初葛尼克的立場了。只是被憤怒沖昏頭的烏瑪索並未察覺這點，只覺得沃柯邦可恨得不得了。

很快地，正午的鐘聲響起，烏瑪索回到值班室，沃柯邦也回來了。一坐上椅子，沃柯邦就點起一根香菸，露出若有深意的表情盯著烏瑪索的臉。

幹嘛？

沒有沒有，只覺得你好一板一眼啊，真佩服。

………

到職一看，只有你一個年輕人不是嗎？老實說當下覺得好幸運啊。原本我是不想幹警衛的。不，警衛當然也是正當職業，再正當也不過了。只是不適合我。你也這麼認為吧？就不適合啊，我的個性實在無法一直站著不動。可是都這把年紀了，只有工作挑選我，沒有我挑選工作的份。結果實際來了一看，只看到一個老實人，誰都會覺得幸運吧？

你是指我嗎？

不然還有誰？

那你就誤會大了喔。

就是這樣啊。不，老實說我拿你完全沒轍，這麼年輕竟然這麼古板。

為什麼要告訴我這些，你說這話是想偷懶嗎？

不是的，只是覺得最近難得看到像你這麼有骨氣的人啦。別誤會，我可是在稱讚你。

接著，沃柯邦又拍拍烏瑪索的肩膀說：

還以為最近的年輕人盡是些撒尿小童，沒想到你是隻大鵰呢。

這句話令烏瑪索一陣暈眩。明知不用理會這下流的比喻，殺意卻沒來由地湧現。不只如此，這個搞不清楚狀況的菜鳥警衛還厚著臉皮上來要求握手，臉上堆滿可用猥瑣形容的笑容。那表情就像在說「我中意你，今後不會虧待你的」。烏瑪索不由得苦笑，表面上敷衍著說，總之你好好工作吧，心頭怒火熊熊燃燒。開什麼玩笑，看我不揍死你。

三明治店的快遞員騎機車送三明治來了，原來沃柯邦不知何時擅自叫了自己的午餐。不，這是非常正常的事，沃柯邦一點也沒有錯。然而，就連這事也教烏瑪索怒不可遏。這傢伙也太自作主張了。

看你一臉想吃的表情，想要我也幫你點一份是嗎？

不用，我自己帶了午餐來。

這樣啊，是太太做的嗎？

不是，是我外婆。

你有外婆喔。

不，已經死了。

那是誰做的？

現在是我自己做的啊。

那你幹嘛謊稱是外婆做的？

不是，我的意思是，至今都是外婆做的。自己說的話不知為何像在亂扯莫名其妙的藉口，沃柯邦這男人很懂如何巧妙套話，這點也令烏瑪索難以忍受。他的一切都令人忍無可忍。就在這時，三明治快遞員推開值班室的門。

唷，來了兩個新人呢。三明治快遞員說。之前只有一個叫葛尼克的警衛自己守門，好一陣子沒訂三明治了，他還好嗎？

誰知道啊，我今天才剛來。

沃柯邦回頭看烏瑪索。嗳，你知道他嗎？

烏瑪索沒有反應，默默煮起咖啡。只煮自己的份。

總之，今後也請多惠顧囉。三明治快遞員說。

你們的店在哪？沃柯邦問。

在耶荷尼恰福[2]。

是喔，我也住在耶荷尼恰福。

從那麼遠的地方來！我們可辛苦了。

是啊。不過，從耶荷尼恰福來回只為了送一個三明治，不會虧本嗎？

對啊，但也沒辦法，不景氣嘛。

這倒也是。嗳、你也來杯咖啡如何？稍微喘口氣吧。喂、烏瑪索，把咖啡端上來！

烏瑪索的憤怒到達頂點。不過，他仍裝作不在乎的樣了，把自己的咖啡倒進杯子裡。

2 拼音反過來後近似「Hachinohe」，音同「八戶」，是青森縣的第二大城市。

快遞員苦笑推辭。

不、不用了啦，我還要去送餐。

有什麼關係嘛，只是喝杯咖啡而已。你說是不是啊，烏瑪索，拜託煮杯好喝的喔。

不、真的不用了。

快遞員一離開，沉默便籠罩值班室。沃柯邦對桌上的三明治擺出不堪入目的吃相，一口咬得太用力，蕃茄和生菜擠了出來，差點撒得滿地都是。為了不浪費任何一片食物，只見沃柯邦左右擺頭，把所有食材塞進已經填滿麵包的口中。手上和嘴邊都是醬汁，髒死了。

烏瑪索不悅到了極點，這一剎那，少年的襯衫掠過腦海。倒在洞底的少年白色的襯衫。思考停止，怒氣也瞬間消失。

喂，你沒事吧？

沃柯邦的聲音將烏瑪索拉回現實。

怎麼啦？

咦？

看你一臉嚴肅的表情，還流了好多汗。

沒……沒什麼。

傍晚，工作快結束時，一個男人來到設施。看起來有點神經質的瘦削男人衣著簡陋，只看一眼，烏瑪索就知道他是失業人士。有什麼事嗎？烏瑪索這麼一問，男人便略顯緊張地搓著手指說，那個，我家孩子從昨天起就不見了……

是嗎？沒看見呢。

這樣啊……因為他經常在這附近玩，不曉得您知不知道？

不知道。

……這樣啊。那大概是去了其他地方。

男人說，依然左顧右盼，四處走動，沒有要離去的意思。這時，沃柯邦來了。

怎麼了？

好像在找小孩。

男人對沃柯邦鞠個躬說，他叫朱諾姆。

朱諾姆……？沃柯邦歪了歪頭。這名字取得真亂來，是女孩嗎？

不，是男孩。

烏瑪索這時才知道昨天那個少年的名字。

……朱諾姆。美麗的名字，很適合那個身影。烏瑪索這麼想，一陣暈眩的同時，也感到一股非常沉重的壓力。那壓力實在太過沉重，重得令他失去所有感覺。

朱諾姆……烏瑪索想……我殺了朱諾姆。

做父親的說，那個……他該不會跑進去了吧？少年父親指著設施。他好像經常跑進去裡面玩。

你說什麼？沃柯邦轉頭望向背後的鐵門……什麼時候開始找不到人的？

昨天。朱諾姆的父親說。

會不會是去夜遊，住在朋友家裡了？

如果這樣最好，只是怕有個萬一。

也是啦，為人父母難免會擔心。

是啊。

報警了嗎？

沒，目前還不到那地步……因為說不定去了朋友家。

這樣啊。不過小孩的話，確實可能跑進去裡面玩呢。

是啊，我也是這麼想。

沃柯邦望向烏瑪索，臉上寫著「怎麼辦好呢」。烏瑪索對朱諾姆的父親說：

這裡禁止進入，不能進去。

沃柯邦不耐煩地說。

你在說什麼夢話啊，笨蛋！現在可是有小孩失蹤了呀！

若想入內，必須先獲得總部許可。我來打電話吧？不、可是……會不會沒人接啊，已經六點了，不如明天早上再打。

這漠不關心的態度激怒了沃柯邦，忽然出手揍烏瑪索。突如其來的攻擊殺得烏瑪索措手不及，後腦撞上地面。

混帳東西！事關小孩子的性命啊！

無視趴在地上的烏瑪索，沃柯邦在值班室內到處找，終於讓他找到正門鑰匙。將鑰匙插進生鏽的鎖孔，門打開。太陽馬上就要下山了，沃柯邦從值班室內拿出兩把手電筒，其中一把交給朱諾姆的父親。

來，進去吧。我們走。

兩人踏入設施內。起初烏瑪索仍倒在地上，隨後忽然起身，接下來的行動就非常迅速了。先躡手躡腳走回值班室內，從倉庫中抓出來福槍，裝上子彈。然後，他加快腳步回頭，一口氣衝上瞭望台的樓梯。把槍架在瞭望台扶手上，扣了五次扳機。兩發子彈貫穿朱諾姆父親胸部，兩發子彈射穿沃柯邦腹部，另一發則貫穿沃柯邦頭部。

一下瞭望台，烏瑪索立刻打電話給總部。

出現非法入侵者，已將之擊斃。因先前再三警告無效，只能出此下策。

電話另一端，每次對應的窗口負責人難掩驚訝，烏瑪索仍表現得光明磊落，像是在說自己沒有任何過失，一切都按照規章採取行動。窗口問他為什麼要開槍。

因為我再三警告，對方仍視若無睹。

你讀過綱要嗎？綱要裡沒提到可以開槍吧？

綱要提到需與總部聯絡，我這不就打電話了嗎？

烏瑪索陷入混亂，連自己都搞不清楚到底在說什麼。真要說的話，連自己幹了什麼都搞不清楚。包括殺死朱諾姆在內，包括自己是誰在內。只是不知為何，有種神清氣爽的感覺，前所未有的神清氣爽。

算了，現在就過去，你在那邊待命。

窗口說完就掛了電話。

烏瑪索走出值班室，停下腳步。眼前的風景吸引他的目光。心滿意足的感覺。自己守住了，守住了這片銀葉草叢，守住了雲雀，守住天空，也守住了這座詭異的建築。

……我守住了，守住這個世界。

警衛公司職員抵達時，天色已完全暗下。驚人的是，來了約莫二十個職員，每個都是烏瑪索陌生的面孔。一問之下才知道，其中有一半是客戶管理公司的人。更讓他驚訝的是，管理公司的職員直接將那兩人的遺體搬上車運走。留下的警衛公司職員之一對烏瑪索說：

還以為你也會被一起帶走呢，要是那樣的話，你只能活到今天了。

烏瑪索追問：

請問……工作怎麼辦？

你被開除啦。發生這種醜聞，公民團體肯定很囉唆。

另一名職員交給烏瑪索一個信封，裡面裝了一疊厚厚的鈔票。

這給你，帶著這筆錢，你也找個地方消失吧。再也不要來這了，再磨蹭下去，連你也會「被消失」喔。今天發生的事全忘光，明白嗎？

烏瑪索將拿到的信封塞進口袋，跨上腳踏車，匆忙離開了「流放地」。從此之後沒再回來過。

第十三章
臨界之日

耶荷尼恰福的職業介紹所內擠滿了失業的人。烏瑪索在大排長龍的隊伍裡排了將近半天，快輪到他時，聽見承辦人員和失業者的對話。

垃圾處理廠怎麼樣？

咦？拜託，只有那個不要。

拆除漁船呢？

就這個了，長期的嗎？

短期。

好吧，聊勝於無。

那麼，請填寫這張表格。

很快地輪到烏瑪索。

伊留朋雷克的垃圾處理廠如何？

那裡就行了，麻煩您。

伊留朋雷克的垃圾處理廠不是普通的垃圾處理廠。那裡處理的是二十世紀遺留的棘手工業廢料。烏瑪索決定將伊魯戈唯一留下的便宜公寓賣掉，離開阿瑪希姆，移居伊留朋雷克。

出城前，烏瑪索最後拜訪了一個人。那既不是伊瑟涅特也不是雷班娜，而是以前的同事歐普。剛進製藥公司當警衛時的第一位同事，歐普．拉格提。不，其實他想見的或許是歐普的女兒。連烏瑪索也不明白這麼做的動機是什麼。總之，他來到歐普家，歐普的女兒艾莉亞姆坐在輪椅上出來應門。

家父已經過世了。半年前，因為白血病。

看到烏瑪索來訪，艾莉亞姆似乎很高興，邀請他一起晚餐。沒有理由拒絕，烏瑪索便決定陪她吃頓飯。

妳一個人過得很辛苦吧。

是啊，不過也習慣了。

工作呢？現在做什麼工作？

代理孕母。

代理孕母……

別看我身體這樣，要生也生得出來喔。我能做的只有這種事了。

代理孕母應該能賺不少錢吧。

是啊。

艾莉亞姆做的菜很好吃，一這麼稱讚她，艾莉亞姆就害羞地笑了。烏瑪索提到要去伊留朋雷克的事。

什麼時候？

下星期就可以動身了。

這樣啊。你一個人去嗎？

是啊，外婆已經過世了。

差不多該告辭時，烏瑪索剛站起來，艾莉亞姆就說：

一個人被留下來很寂寞，你能在這裡待到我睡著嗎？

好啊，這是小事。

艾莉亞姆走進寢室，關上門，準備睡覺。很快地，房內完全安靜下來，約莫三十分鐘後，烏瑪索心想差不多了，就從沙發上站起來。不放心地打開艾莉亞姆房門，探頭往內看。艾莉亞姆躺在床上。悄悄走進去，想窺看她的睡臉。艾莉亞姆背對烏瑪索躺著，屋裡光線又暗，看不清她的表情。烏瑪索摸摸她的頭髮，艾莉亞姆動也不動，應該早就睡著了吧。烏瑪索在艾莉亞姆身旁躺下，摟住她小小的肩膀。

那個……

艾莉亞姆忽然出聲。

……我有個請求。

什麼？

請帶我一起去吧，去伊留朋雷克。

為什麼？

不為什麼，我忽然有這個想法。

這樣啊……我也忽然有這個想法。

之後，兩人做愛。盡他們所能，用只有他們能用的方式。

烏瑪索離開後，流放地沒有新的警衛來接任，就這樣過了好幾個月。睽違多日，第一個來到這塊失去警衛之地的人，是那群頑皮的少年。自從烏瑪索開槍後，嚇得他們沒有人敢靠近，然而某天朱諾姆突然失蹤，少年們開始產生疑惑，猜測朱諾姆或許待在流放地裡的某個角落。若依照老師的說法，朱諾姆是因為父親工作的關係轉學了，對少年們來說，有一點卻無法解釋。

朱諾姆的父親是農夫，老婆跑了，靠自己一手養大獨生子。對於這個獨生子，真不知道他有多寵。一天，少年們跑去朱諾姆家偷看，那裡已經成了空屋，家具一件也不剩，看起來的確很像已經搬家。然而，後院的溫室裡，番茄結實纍纍。每到收穫季節，附近家庭主婦都會來幫忙收成，今年也不例外。看準成熟時機，主動前來的主婦們擅自進入溫室摘起番茄。主婦們也覺得奇怪，從來沒聽過他們提起搬家的事啊，該不會是摸黑逃走的吧。說不定喔。不過，光是這樣仍無法解釋他們的失蹤。聽說幾個月前，朱諾姆的父親和鄰居說兒子不見了，在附近到住處找，那又是怎麼一回事呢？少年們討論出一個假設。

他會不會在流放地的某處？換句話說，已經變成屍體了。

但是，沒人把這件事告訴父母或老師。不可能說出口。光是知道曾經靠近那個地方，父母和老師就會嚴厲斥責他們。

他們總說，你找死嗎？那種地方污染那麼嚴重！

既然如此，只能靠自己和同伴一起找尋真相了。一個週六下午，少年們久違地造訪了流放地。沒看到半個人。不過，星期六是假日，沒人也很正常。少年們這麼想。事實上，這裡已經好幾個月持續沒有警衛的狀態。對此毫不知情的他們，手持鐵棍砸破值班室的玻璃，把裡面搞得一塌糊塗。破壞置物櫃，翻亂後面的倉庫，拿出收在裡面的來福槍。

這不是那傢伙的槍嗎？

太好了！這下不用怕他了！

少年們湧入設施內。裡面有野狗，持槍少年射出一發子彈。伴隨激烈的聲響，少年同時向後飛，一屁股跌坐在地。幸好他槍法差，野狗才撿回一命。

少年們在設施境內四處搜尋，對司空見慣的遺體看也不看一眼。不久，其中一名少年找到床上的遺體。

喂，你們過來看！

少年呼喚同伴。

這傢伙是新來的。

這是那傢伙啊！毒水母！

對吔，絕對是那傢伙！

令人同情的傢伙。

幫他挖個墳墓吧。

不如火葬好了。

少年們拿著從附近蒐集來的紙箱和毛毯，堆在遺體上。其中兩名少年返回值班室，找到兩個打火機帶回來。另外兩人也跑回值班室，帶來報紙和雜誌。

他們在堆得亂七八糟的紙箱和毛毯上點火。火一點著，立刻竄出驚人的火苗，少年們歡聲雷動。不過，很快地，他們就想起火堆正在燒著某個人，心情又肅穆起來，紛紛包圍火堆，有人在胸前劃十字，有人雙手合十，為死者祈求冥福。

火很快地燒光紙箱與毛毯，五分鐘左右後熄滅。

少年們踏入餘燼，想撿拾其中的遺骨，才發現只有身上的衣服燒毀，遺體卻還完整保留。

這樣好像不夠。

聽說火葬得燒至少一小時。

怎麼不早點說啦。

那邊那棟建築物裡有大鐵桶喔。

那又怎樣？

裡面裝的應該是油吧？

要用那個燒的意思嗎？這主意不錯。

少年們前往倉庫旁邊的建築。煙囪和鐵管爬滿那棟建築的外牆，建築內則有看似金屬製的油槽，周圍擺了幾個黃色鐵桶。以往他們只能從窗外窺伺，今天手上有了鑰匙，輕易把門打開，闖入其中。

畢竟是個大鐵桶，所有人一起推也推不動。無奈之餘，只好把遺體搬運過來。

乾癟的遺體比想像中輕，散發驚人惡臭。少年們抓住遺體的腿拖著走，因為燒過一次的關係，皮膚裂開，從中流出果凍狀的東西。

好臭！

早知道剛才燒之前就該先搬過來。

來不及了啦。

將遺體搬往另一棟建築的少年們，找到一個適合充當火葬爐的銀色金屬槽。不知道裡面裝了什麼，少年們也不管三七二十一，把遺體丟進去。

持槍的少年立刻對黃色鐵桶開槍，射穿的洞口流出某種液體。少年們拿附近的水桶汲取那液體，潑在金屬槽裡的遺體身上。

好像沒聞到油耗味，這真的是油嗎？

不知道究竟該澆上多少油才能燒一小時，只好持續用水桶舀那液體倒入金屬槽，直到遺體下沉。

其中一人在某個圓筒形容器裡找到別的液體。

這應該是燃料吧？

能燒起來嗎？

少年們把那種液體也倒入金屬槽。另一個人發現容器上寫著字。

這上面寫的是「鈾」吔。

鈾？那是什麼啊？什麼是鈾？

啊，差點忘了朱諾姆！

明明是來找朱諾姆的。

泡在液體裡的遺體瞬間發出藍色閃光，少年們一陣歡呼。

阿爾摩夏可魯半徑三十公里內禁止進入的區域為什麼會發生臨界事故，關於這件事，至今仍有許多難解之謎。有幾個少年因為半途被臭氣薰得噁心，先行返家，就此僥倖生存。他們的證詞成為唯一的線索，但就連這些少年也陸續離開人世。

第十四章
阿亞坎的陰莖

如果沒有二十世紀，大概不會有伊留朋雷克這個城市吧。從前，這裡曾是一片美麗的海。運來這裡填成海埔新生地的材料，是上個世紀的垃圾。

伊留朋雷克占地廣大，總共分為A到R區。烏瑪索被分配到E區，包括工頭在內，那裡的工作人員大概有三十名。新來的烏瑪索在工頭帶領下，與另外幾個見習人員一起加入工作。

其中有個男人似曾相識，對方也注意到了烏瑪索。兩人搭上同一架起重機。

工頭拍拍男人肩膀。

庫斯涅克，指導菜鳥的任務就交給你了。

周遭工作人員都笑了。他們說，工頭，你傻了喔？庫斯涅克自己都還是菜鳥。

兩人默默著手工作，第一天烏瑪索坐在副駕駛座觀摩。起重機前方掛有強力磁鐵，用那個吸住廢鐵。庫斯涅克雙手操作推桿，將廢鐵放進卡車內。地鳴與巨響使駕駛座不停搖晃。

持續操作了兩小時，庫斯涅克才停下來對烏瑪索說：

你要試試看嗎？

烏瑪索和庫斯涅克換位子，在他的指導下操縱推桿。剛開始失敗了好幾次，廢鐵掉下去時總會引起轟隆巨響。

沒完全吸住時不要舉起來。

庫斯涅克淡淡地說。

很快地，烏瑪索抓到訣竅，總算順利把廢鐵運入卡車，再次和庫斯涅克換位子。

以新手來說，算是做得不錯了。我之前更遜喔。庫斯涅克這麼說。

是喔。

這星期的工作都是操縱起重機，這是最輕鬆的工作了。下週開始要拆除這堆破銅爛鐵，這工作可吃力了，幾乎是徒手勞動。

是喔。

你有菸嗎？

不、我沒有。

是喔。

……你太太還好嗎？

……死了。

……這樣啊。

那天，兩人的對話就此結束。

隔週的工作是在拆除廠內拆除巨大機械。所有工作人員都要穿上防護衣。放在那裡的機械，形狀或廠商名稱各不相同，什麼東西要用在什麼上面，工作人員並未被告知，專業技術人員只按照手冊教他們操作順序而已。技術人員用粉筆在可以鬆開的零件上做記號，他們只要把那些零件鬆開就好。

庫斯涅克用扳手轉開一個零件，頓時噴出力道強勁的氣體。

要是直接吸入這東西，聽說會當場死亡。

那是什麼？這機械是什麼？

誰知道，大概是用來燒洗澡水的吧。

烏瑪索也用扳手轉開零件，氣體直擊臉部，面罩蒙上一層東西，什麼都看不到了。

庫斯涅克用毛巾幫他擦掉那些髒東西。

萬一面罩有隙縫，你現在已經成仙囉。哈哈哈哈。

花了半天時間才將那具機械完全拆除。到了下午，兩人又著手應付另一具機械。持焊槍在用鎖鏈吊起的機械底部燒個洞，油槽邊冒煙邊流出液體。烏瑪索他們得仰著頭操作，黑色液體怎樣都會噴到身上。才幾分鐘時間，兩人已一身黑。

活在這種東西包圍的環境下，怎麼可能生得出小孩。二十世紀的人到底在想什麼啊？

庫斯涅克說，恨恨地啐了口口水。忘了自己還戴著面罩，口水噴到透明防護罩內側，擋住自己的視線。烏瑪索捧腹大笑。

午休兩小時。十二點到兩點。然而，光是弄掉全身污漬，到食堂排隊時已經浪費四十分鐘了。要是衣服脫得太慢，等著自己的就是長長的隊伍，得再排上二十分鐘才有飯吃。

更別說兩點前就得換上防護衣回工作崗位，結果，真正休息的時間只有不到一小時。遲到會被工頭揍，遲到兩次就扣薪水。食堂的飯菜很難吃，工作人員堅信那是因為這裡的水遭到污染的關係。只有上輩子做了好事，這輩子擁有美滿家庭福報的人，才能在中庭吃愛妻親手做的便當。庫斯涅克早上會先買好牛奶和麵包，午休時就獨自在中庭角落吃。烏瑪索起初也去食堂吃，也不知從何時起，開始在中庭和庫斯涅一起啃麵包。

兩人的關係很奇妙。並非已遺忘當初的仇恨，只是彼此都逃避面對那個問題。待在這種宛如集中營的職場，也許不管對方是怎樣的人，就算曾是仇家也好過陌生人，光是看到熟悉的面孔就能感到安心。

剛開始，互不交談的時間比較長，即使如此，工作空檔或午休時還是會偶爾聊起自己的事。庫斯涅克提起妻子阿米拉時，與其說是在跟烏瑪索說話，不如說是講給自己聽。比方說，他會說起與妻子阿米拉初識時的事，或是關於自己偷偷外遇的女人。說著說著，又兀自沉默下來。

沒辦法，烏瑪索只好也拿出伊瑟涅特的事來說。可惜和市長的女兒談戀愛這種事，別人聽來或許很非現實，每次烏瑪索一提起這件事，庫斯涅克就張開嘴巴假裝睡著，意思是，你就別再吹牛了吧。

漸漸地，兩人的話題深入私人領域。這麼一來，也就不好在午休時的中庭講，工作結束後，在附近找個啤酒屋，幾乎成了他們每天必做的事。

我真的很愛阿米拉，只是曾幾何時，腦中只剩生小孩的事了。我想要的不是小孩，是給付金。我以為阿米拉也這麼想。沒想到她不是這樣，她是真的想要小孩。我和她的小孩。

雖然只是隨口提起，烏瑪索忍不住講出深藏內心許久的事。包括曾是撒尿小童的事、伊瑟涅特給自己買了頭豬的事，還有用那頭豬做了新陰莖，伊瑟涅特最後卻無法接受豬陰莖的事。庫斯涅特聽了大笑。

結果咧？你被甩了嗎？那就算了，後來呢？

在庫斯涅特催促下，烏瑪索連不想講的事都招了。在下個職場被小孩們襲擊，因為這件事豬陰莖爛掉，不得不切除的事。就這樣，話題終於來到那一天。他們兩人相識的那一天。

會兼那份差只是剛好被朋友慫恿，做夢也沒想到買家竟然找上門來脫我褲子。

當時真抱歉，但我也真沒想到你的老二背後有這樣的故事。人生真的什麼都會發生，不說誰知道。

接著，庫斯涅克一五一十道出妻子死去的緣由。這時烏瑪索才知道，犯下那起嬰兒綁票案的是庫斯涅克夫妻。烏瑪索在新聞上得知犯人自殺的消息，也知道她的共犯丈夫遭逮捕。不過，他不知道後來丈夫獲判緩起訴並釋放的事，也壓根沒想到這對犯下嬰兒綁架案的夫妻，就是襲擊自己的那兩人。

我後來被釋放啦。庫斯涅克說。所以現在才會在這裡。

烏瑪索忍不住得意忘形，連這種話都說了：

這麼說來，你還記得發生在阿瑪希姆的隨機攻擊事件嗎？

記得啊，你該不會要說兇手是你吧？

其實正是如此。

庫斯涅克張大了嘴，又裝作睡著的樣子。

真的啦。

這樣啊，那我們兩人可都是名人囉。

庫斯涅克這麼說，擺明一副不相信的樣子。

話說回來，現在回頭想想，是阿米拉救了我。

庫斯涅克感慨萬分地說。他指的是發生在核電廠遺址的臨界事故。要是沒有辭去工作搬來伊留朋雷克，庫斯涅克恐怕也會和大多數市民一樣暴露在輻射下。

其實，我原本在那裡工作。烏瑪索說。

那裡是哪裡？

舊核電廠啊。我是那裡的警衛。

什麼時候？

來這裡之前。

騙人。

真的啦。

即使逃過阿爾摩夏可魯臨界事故這一劫，現在世上也已沒有哪裡是安全的。至少伊留朋雷克就是個有幾條命都不夠用的地方。

那天，一個叫里歐多的男人掉進廢鐵堆。他從堆成一座小山的廢鐵上往下掉了二十公尺，之所以沒當場死亡，是因為下面剛好有個深水池。說是水池，其實是由那堆機械長年滲出的液體積蓄而成的廢液池。

救難隊立刻趕來，朝池子拋出繩索時，身體泡在二十公尺下方那個池子裡，只有頭露在外面的里歐多哭了起來。

眼睛看不到了！眼睛看不到了！

救難隊員好不容易才用繩索將里歐多拉出來，只見他從頭頂到腳尖都黑了。工作人員們急忙脫下里歐多的衣服，身體也幾乎黑成一片，只有內褲底下勉強是白的。救難隊員面面相覷，任誰都可一眼從他們的表情看出事態有多絕望。在救難隊的指示下，烏瑪索他們從倉庫裡搬來大鐵桶。

眼睛閉起來，摀住耳朵。

里歐多一照做，救難隊員就將鐵桶內的液體從頭到腳淋在他身上。

啊啊啊！

里歐多發出哀號。救難隊員一邊淋上溶劑，一邊持續擦拭他的身體。雖然染黑的部分漸漸掉落，救難隊員手中的毛巾卻連里歐多背部的皮膚也整個搓下了。

烏瑪索忍不住轉身。里歐多皮膚底下露出黃色脂肪，從中滲出血水。他被放上擔架，送往醫院。里歐多的意外並未妨礙眾人繼續工作，工頭立刻要大家回工作崗位，彷彿一切都沒發生過。在此工作多年的人們說，把所有區域計算進來的話，平均一星期死一個人。

這是機率的問題。

對對對，也有像「長老」一樣的人呢。

「長老」從上個世紀就在這工作了，卻從沒受過傷。

那個長老說：

誰會在什麼時候走，只有神知道。只要知道自己總有一天也會走就好。

年輕人皺起眉頭。有人說，開什麼玩笑啊，待在這種地方不如趕快辭職。

噯，別那麼害怕啊。長老說。你想想看，人類死亡的機率是百分之幾？

被這麼一問，眾人瞬間陷入思考。長老噗哧一笑。

哈哈哈，是百分之百啊。

年輕人咕噥著說，這沒有安慰到什麼。

那天晚上，烏瑪索一如往常和庫斯涅克一起去啤酒屋，這天，他第一次介紹艾莉亞姆和庫斯涅克認識。

她是艾莉亞姆，是我老婆。嗯，正確來說我們不是夫妻。三人以第一杯啤酒為里歐多祈求冥福，第二杯獻給阿米拉，第三杯則獻給歐普。第四杯敬艾莉亞姆，第五杯敬三人的未來。

那天晚上，庫斯涅克向烏瑪索提議共同生活。

其實，我在葉蓋姆那邊找到一塊便宜土地，想在那裡蓋棟房子住。

葉蓋姆？有點遠呢。再說，我覺得住現在這裡就夠了。

別這麼說嘛，總有一天房子會不夠大。

是嗎？

下個星期天，在庫斯涅克堅持邀約下，烏瑪索和艾莉亞姆一起去看了那塊地。葉蓋姆是位於伊留朋雷克南端的鄉下小鎮。四周是雜木林圍繞，什麼都沒有的空地上，插著一塊寫著庫斯涅克．亞拉哈坎的小牌子。

怎麼，你已經買下啦？

是啊，只要你們願意一起住，我就只需付一半貸款了。

真是不要臉的傢伙，我都還沒決定呢。房子什麼時候蓋好？

加油一點的話，大概半年後吧。你也要來幫忙喔。

幫忙……幫什麼忙？

庫斯涅克笑嘻嘻地望向烏瑪索。

你該不會想自己動手蓋吧？

是啊，請業者來蓋還要花錢。

你有經驗嗎？

沒有啊。

烏瑪索忍不住嗤笑。抱歉，我還是等你蓋好房子再決定。

別這麼說嘛。

像你這種原本在公家機關工作的少爺就是這樣傷腦筋。外行人怎麼可能蓋得出房子這種東西，更別說在這種鄉下……

烏瑪索雖這麼說，卻環顧四周，有鳥鳴聲，穿過樹葉落下的陽光，還聽得見遠方傳來潺潺流水聲。

不錯吧，是個養小孩的好地方。庫斯涅克說。

……是啊。烏瑪索這麼回答，未加深思。

你也這麼想嗎？

是啊，嗯，如果有小孩的話，確實是不錯的環境。

噯、要不要來生小孩？我們三個人。

什麼？蓋房子？

房子要蓋，也要生小孩。

烏瑪索愕然失語。庫斯涅克雙眼熠熠生輝。

你在說什麼啊？

只是想要孩子罷了。

不是正式夫妻的話，是領不到育兒給付金的喔。

育兒給付金？那種東西根本不重要。我只是想要養育自己的孩子。

你認真的嗎？

阿米拉拐來的那個孩子真的好可愛。可愛得我腦袋都要融化了。

烏瑪索一臉疑惑，朝庫斯涅克臉上望去，看見他正露出前所未見的表情，簡直就像戀愛中人。

只有一開始會那麼想。烏瑪索說。小孩很快就會長大……變成無可救藥的壞小鬼。

阿米拉也想要啊。庫斯涅克說。無論如何都想要。

小孩啊……

一定會很可愛呀。

庫斯涅克閃閃發光的視線令烏瑪索一陣內疚，他在建地上四處走動。角落有個小屋子，屋頂不到一人高。裡面傳出某些聲響。

烏瑪索好奇靠近。

是一隻豬。

這什麼東西啊。

庫斯涅克為兩人介紹：這是阿米拉，是我死去妻子轉世投胎的。不過，小豬阿米拉只顧著拚命挖蚯蚓，對三人不置一顧。

是我老婆的複製豬，我跟醫院買下來了。

三人合力出錢，在那塊地上蓋了房子。兩個男人當真連木工都沒僱用，靠自己的雙手蓋了家。最初是棟非常離譜的小屋子，隨著一次又一次的修復，愈來愈有模有樣。接下來就是生小孩了。

兩個男人和一個女人一起生小孩。為這樁異想天開計畫提供幫助的，是同樣因為臨界事故而搬到伊留朋雷克的歐阿薩姆．伊奇洛夫。歐阿薩姆介紹給三人的是一種叫「哈克之卵」的受精卵。說是不能保證頭腦好不好，但身體絕對健康的商品。

艾莉亞姆成為植入受精卵的母體。

一切進行得很順利，看著艾莉亞姆日漸隆起的腹部，烏瑪索和庫斯涅克感到前所未有的幸福。然而這種幸福並未持續很久，烏瑪索的身體狀況愈來愈差。除了牙齦出血，還經常流鼻血。頭髮也開始掉了，短短半年身形便消瘦許多。艾莉亞姆和庫斯涅克勸他去醫院，烏瑪索卻拒絕。他對兩人說：

這是神給我的懲罰。

不久，艾莉亞姆生下三人孩子的那天來臨。烏瑪索和庫斯涅克抱著即將破水的艾莉亞姆，衝進醫院。

艾莉亞姆在助產士陪伴下進入分娩室，兩個男人坐在長椅上等。庫斯涅克點起香菸，一邊從鼻子裡噴出煙圈，一邊輕聲嘟囔。得戒菸才行了。

一根菸都還沒抽完，分娩室內已傳出哭聲。兩人急忙從椅子上跳起來。

生了嗎？

房門打開，護理師招招手。庫斯涅克趕緊把香菸丟進菸灰缸。

他們小心翼翼地朝分娩室內探頭。

艾莉亞姆躺在分娩台上。看到裸露的下半身，兩人不由得別開目光。助產士抱著嬰兒，剛出生的小身體用盡全力啼哭。

是個健康的男孩子喔。護理師說。

你們看，好體面的小雞雞呢。助產士說。將來一定能成為好種馬。

庫斯涅克嗚咽著窺看那紫色的物體。烏瑪索則怯懦地站在門邊，像個鬧彆扭的孩子，從遠處觀看。

可以抱抱他嗎？庫斯涅克說。

將白袍交給兩人，護理師說：

請穿上這個，再用那邊的臉盆洗手。

庫斯涅克匆匆披上白袍，洗好手。助產士將嬰兒抱給他。庫斯涅克臉上滿是喜悅的笑容，回頭望向烏瑪索。

很可愛喔。

視線回到嬰兒身上。

感覺真奇妙，好像什麼奇怪的生物。

再次望向烏瑪索。

你在做什麼啊，快來啊。

烏瑪索依然將白袍拿在手上，站在門邊磨蹭。

可以了嗎？護理師說。

請等一下。喂，烏瑪索，快去洗手！

烏瑪索洗了手。

再穿上白袍啊。

烏瑪索穿上白袍。

很好，過來吧。

烏瑪索走向庫斯涅克身邊，戰戰兢兢地朝嬰兒窺看。

很可愛吧。

烏瑪索一副不知所措的樣子。

搞什麼啊你，不可愛嗎？來，抱抱看。

庫斯涅克硬是把孩子放進烏瑪索懷中。手上的嬰兒動了起來。

哇哇！手忙腳亂的烏瑪索想把孩子還給護理師。

不要緊的。護理師幫烏瑪索把手調整到適當位置。

庫斯涅克從旁探頭。如何？很可愛吧？鼻息噴在脖子上。

很可愛嗎？

是啊。

很可愛吧？

對啊。

烏瑪索終於浮現笑容。

是爸爸喔，喂，你懂嗎？我是你爸爸喔。烏瑪索說。

這邊也是爸爸喔，嘿，懂不懂？我也是你爸爸喔。庫斯涅克說。

太好了，有兩個爸爸。艾莉亞姆說。艾莉亞姆已經從分娩台下來，坐在輪椅上了。庫斯涅克驚訝地對她伸出手，身為職業孕母的艾莉亞姆笑著說，沒事沒事。

這可是我生的第三個孩子。

庫斯涅克說，不過，這是第一次生自己的孩子吧？他也是妳的孩子喔。

這句話令烏瑪索眼眶泛淚。

嗳、烏瑪索，讓艾莉亞姆也抱一下。

然而烏瑪索完全被孩子迷倒，視線無法離開他。

是爸爸喔，喂，是爸爸喔……

看著烏瑪索，大家都笑了。

不行了，他一定會成為一個超溺愛的傻爸爸。

庫斯涅克說。

烏瑪索用手指捏起嬰兒雙腿間那小小的性器官。指尖顫抖，淚眼模糊。

哈哈……

他聲音嘶啞地說：

好小的雞雞啊。

阿亞坎·亞拉哈坎[1]。

這就是孩子的名字。

……而他，是我的祖父。

1 拼音反過來後是「Nakahara Nakaya」（中原中也），為日本著名詩人。

木曜文庫04

庭守之犬

番犬は庭を守る

作者　岩井俊二（IWAI SHUNJI）
譯者　邱香凝
社長　陳蕙慧
副總編輯　戴偉傑
責任編輯　鄭琬融
行銷企劃　陳雅雯、尹子麟、姚立儷、洪啟軒。
封面設計　霧室
電腦排版　宸遠彩藝有限公司

讀書共和國出版集團社長　郭重興
發行人兼出版總監　曾大福
出版　木馬文化事業股份有限公司
發行　遠足文化事業股份有限公司
地址　231 新北市新店區民權路 108-2 號 9 樓
電話　(02)2218-1417
傳真　(02)2218-0727
Email　service@bookrep.com.tw
郵撥帳號　19588272 木馬文化事業股份有限公司
客服專線　0800-221-029
法律顧問　華洋國際專利商標事務所　蘇文生律師
印刷　前進彩藝有限公司

初版一刷　2020 年 4 月
定價　360 元

ISBN：978-986-359-776-6

國家圖書館出版品預行編目

庭守之犬 / 岩井俊二著 ; 邱香凝譯 . -- 初版 . -- 新北市 : 木馬文化出版 : 遠足文化發行 , 2020.04
面 ;　公分 . -- (木曜文庫 ; 04)
譯自 : 番犬は庭を守る
ISBN 978-986-359-776-6(平裝)

861.57　109002533